SCHLITTENFAHRT INS FAKE-GLÜCK

WINTER DREAM RESORT 4

KATRIN EMILIA BUCK

ÜBER DIE AUTORIN

Katrin lebt mit ihrem Mann und ihrem Sohn in der schönen Zentralschweiz. Sie ist gelernte Ingenieurin, hat viele Jahre in der Versicherungsbranche gearbeitet und so die ganze Welt bereist. Sie liebt Bücher aller Art, schöne Sandstrände, locker luftig aufgeschlagenen Milchschaum für ihren Cappuccino, Erdbeeren direkt vom Feld und Handtaschen in allen Formen, Farben und Größen. Wenn sie nicht gerade liest, schreibt sie.

DU ERREICHST KATRIN UNTER:

Website: www.katrinebuck.net

FB-Seite: www.facebook.com/KatrinEmiliaBuckAutorin

Instagram: www.instagram.com/katrinemiliabuck_-autorin

E-Mail: newsletter(at)katrinebuck.net

Amazon: Follow

LIEBESROMAN

Schlittenfahrt
INS FAKE-GLÜCK

Winter Dream
RESORT

KATRIN E. BUCK

1. Auflage Dezember 2023

www.katrinebuck.net

katrinebuck@gmail.com

Lektorat: Kristina Licht

Korrektorat: SW Korrekturen e.U., www.swkorrekturen.eu

Coverdesign: Hippomonte Publishing e.K.

Covermotive: Hintergrund © by malija, www.bigstockphoto.com (Stockfoto-ID: 280217302); Mann © by PeopleImages.com, www.depositphotos.com (Stockfoto-ID: 646235102), Resort-Logo unterer Teil © by Teneresa, www.depositphotos.com (Stockfoto-ID: 60817499), Resort-Logo oberer Teil © by art-l@i.ua, www.depositphotos.com (Stockfoto-ID: 243397982)

Illustrationen im Buchinnern: Weihnachtsglocken © by Clker-Free-Vector-Images, www.pixabay.com/photos/36241

PROLOG

CALVIN

Damals, acht Jahre alt

Draußen war es noch dunkel, als ich vom Klingeln meines Weckers aus einem Traum gerissen wurde. Müde tastete ich nach der Uhr auf meinem Nachttisch. Endlich wurde es still. Ich war in meinem Traum mit Dad im Wald gewesen und hatte nicht nur das Knirschen des Schnees unter meinen Füßen hören können, sondern auch die Waldtiere. Irgendwo hatte ein Wolf geheult und die kühle Luft hatte nach Tannennadeln und Zimt und Schokolade gerochen. Grandma hatte plötzlich mit Keksen vor uns gestanden. Sie schmeckten so lecker.

Gähnend kuschelte ich mich wieder unter die Decke.

Moment! Heute war *der* Tag. Plötzlich war ich hellwach. Denn bald kamen Mom und Dad von ihrer

Reise zurück. Sobald sie da waren, würde ich mit Dad in den Wald fahren, um den größten und schönsten Weihnachtsbaum auszusuchen, den die Welt je gesehen hat. Nur wir beide, so wie immer. Er und ich und auf keinen Fall würde meine nervige Schwester mitkommen. Nichts und niemand würde unseren Männertrip stören.

Leise stand ich auf und zog mich an, bevor ich die Tür zu meinem Kinderzimmer einen Spalt öffnete. Das Haus meiner Großeltern war ganz still.

Meine ältere Schwester Fiona und ich übernachteten bei Grandpa und Grandma, solange Mom und Dad unterwegs waren. Valerie, die Älteste von uns dreien, war bereits auf dem College und kam erst in ein paar Wochen nach Hause. Es störte mich nicht. Noch lieber wäre mir, auch Fiona wäre woanders, denn sie war ätzend. Ständig kommandierte sie mich herum, und gleichzeitig sollte ich mich in Luft auflösen, wenn sie mit dem Finger schnippte. Als ob mich ihre Freundinnen und das Gequatsche über Jungs interessieren würden. Ich hatte viel Wichtigeres zu tun. Zum Beispiel meinen Tierpark vergrößern. Mein Dad hatte mir zum letzten Geburtstag Werkzeug und Balsaholz geschenkt und mir das Schnitzen beigebracht. Das Krokodil war mir megagut gelungen und auch die Schildkröte. Vielleicht konnte mir Dad heute mit dem Fuchs helfen, es war mein Lieblingstier und seines auch. Seit wir im Wald welche zusammen gesehen hatten. Füchse waren schlau und konnten in Windeseile reagieren. Und sie lernten so schnell. Leider waren sie wild und ich konnte somit keine als Haustiere halten. Schade, ich hätte ihnen gerne beigebracht, wie sie Männchen machten.

Aber jetzt musste ich mich beeilen. Ich wollte Mom und Dad unbedingt als Erster begrüßen. Leise schlüpfte ich durch meine Zimmertür und zog sie vorsichtig wieder zu. Ich schwitzte, und mein Herz klopfte wie wild, als ich die Holztreppe hinunterschlich.

Die Stufen knarzten, mittlerweile hatte ich mir jedoch gemerkt, an welcher Stelle sie besonders laut waren. Dennoch atmete ich ganz flach, um kein zusätzliches Geräusch zu verursachen. Trotzdem wäre ich nicht erstaunt, wenn Grandma gleich auftauchen würde – sie hatte Ohren wie ein Luchs. Und wenn sie mich erwischte, wie ich hier herumschlich, würde sie mich zurück ins Bett schicken. Aber ich wollte nicht. Nein, ich wollte mit Dad in den Wald. Sobald er da war, ging es los. So hatte er es mir versprochen. Und Versprechen wurden immer gehalten.

Als ich am Fuß der Treppe angekommen war, lauschte ich nochmals angestrengt. Ein Auto fuhr vor dem Haus vorbei, doch es hielt nicht. Und noch eines, dann wurde es wieder still. Ich tapste weiter zur Küche und von dort in die Garage. Vom Kleiderhaken holte ich meine dicke Jacke, meine Stiefel zog ich draußen an. Es war kalt, aber noch lag kein Schnee. Froh, dass ich meine Handschuhe und meine

Mütze eingepackt hatte, schlüpfte ich hinein. Ich wollte auf der Veranda auf meine Eltern warten. Dort stand Grandpas Schaukelstuhl und auch eine Truhe mit Decken. Die holte ich hervor, setzte mich und deckte mich bis zum Kinn zu.

Immer mal wieder fuhr ein Auto am Haus vorbei, keines hielt. *Bestimmt kommen sie bald, ganz bald.* Meine Augenlider wurden immer schwerer, aber ich wollte nicht einschlafen. Das war im Winter gefährlich, Daddy hatte es mir mal erklärt. Aber zurück ins Haus zu gehen, kam auch nicht infrage. Ich könnte zur Garage, mir mein Werkzeug und ein Stück Holz holen und eine neue Figur schnitzen. Etwas Einfaches, vielleicht noch mal ein Krokodil? Oder mit dem Fuchs anfangen? Es wurde langsam hell, somit bräuchte ich nicht mal eine Taschenlampe. Ich konnte mich nicht entscheiden, ob ich meinen Posten verlassen sollte. Was, wenn sie genau dann die Straße hochfahren würden und ich am Ende nicht der Erste war, der sie begrüßte? Wenn meine Großeltern oder Fiona sich wie immer vordrängen würden? Aber meine Zähne klapperten bereits, vielleicht konnte ich mir eine heiße Schokolade machen, ohne dass es Grandma merkte. Ich musste mich einfach beeilen.

Moment, ein dunkles Auto näherte sich unserem Grundstück. Es fuhr langsam und war ein Truck, genau wie Dads. Leider war es blau und nicht schwarz. Und die Motorhaube passte auch nicht. Doch das Auto hielt in unserer Einfahrt. Komischerweise blieb der Fahrer sitzen. Wer war er? Wieso stieg er nicht aus? Mich sah er wohl gar nicht, denn ich saß in einer Ecke. Ich stand auf, als auch der Fahrer die Tür öffnete und beim Aussteigen schnaubte. Moment, war das etwa Onkel Vernon? Wollte er uns heute besuchen? Kam er mit in den Wald? Das wäre ja toll! Onkel Vernon war fast so cool wie mein Dad, obwohl er älter war und bei längeren Spaziergängen öfter stehen blieb, weil er so außer Puste war.

Ja, ich war mir sicher, denn jetzt klopfte er auf die Wagenhaube. Er bedankte sich so bei seinem Auto, dass er sicher angekommen war. So lustig.

„Onkel Vernon! Onkel Vernon!“ Die Verandabeleuchtung ging automatisch an, als ich auf ihn zu rannte. Erstaunt blieb er stehen, gleichzeitig trat meine Grandma aus der Haustür und versperrte mir den Weg. Doch sie bemerkte mich gar nicht, sondern starrte zu ihrem Sohn und rührte sich nicht. Was war los? War sie sauer auf mich?

„Tut mir leid. Ich wollte dich nicht erschrecken“, entschuldigte ich mich sogleich.

Als sie sich zu mir drehte, sah ich deutlich, dass sie geweint hatte. Ihre Augen waren ganz rot. O nein, das wollte ich nicht!

„Tut mir leid, Grandma! Ich warte auf Dad, wir fahren nachher zusammen in den Wald. Ich habe mich warm angezogen, ich erkälte mich bestimmt nicht.“

Statt mit mir zu schimpfen, liefen ihr wieder Tränen über das Gesicht. Sie wischte sie weg, lächelte mich an und umarmte mich so fest, dass ich fast keine Luft bekam. Plötzlich spürte ich jemanden hinter mir, der uns beide festhielt. War das Grandpa? Ja, er roch nach Tabak. Hatte er nicht aufgehört zu rauchen? Aber auch mit ihm schimpfte Grandma nicht.

Dann wurde ich auf mein Zimmer geschickt. Hoffentlich durfte ich heute trotzdem mit Dad in den Wald. Ich wollte es so sehr. Erst nach einer Weile holte mich Onkel Vernon ab und brachte mich ins Wohnzimmer. Fiona saß auf dem Sofa zwischen Grandma und Grandpa. Sie war ganz blass. Hatte sie auch etwas ausgefressen? Oder waren alle meinetwegen so traurig?

„Calvin, mein Junge, setz dich neben mich“, bestimmte mein Onkel. Verwundert tat ich ihm den Gefallen. Sofort legte er einen Arm um mich und küsste mich auf den Scheitel, bevor er tief seufzte und sich räusperte. Danach geschah wieder gar nichts. So lange, bis ich unruhig auf dem Sofa herumzurutschen begann. Mir war zu heiß, Onkel Vernon heizte wie ein Ofen. „Ich weiß nicht, wie ich anfangen soll.“ Er flüsterte, ich verstand kaum ein Wort, dabei saß ich direkt neben ihm. Noch einmal drückte er mich, aber ich wollte lieber von ihm wegrutschen. Was war hier los? Meine Grandma wirkte auf einmal so alt und klein, richtig zusammengefallen. Auch Grandpa Raymond sah gar nicht mehr so stark wie ein Bär aus. Sie waren krank. Das war es, oder? Unruhig schälte ich mich aus Onkel Vernons Umarmung. „Seid ihr krank?"

„Was? Nein, mein Junge." Grandma schüttelte den Kopf und sah auf ihre im Schoß gefalteten Hände. Bestimmt weinte sie wieder.

„Was ist los? Sag es endlich!", schrie ich Onkel Vernon an.

„Es tut mir leid." Er schüttelte den Kopf, räusperte sich und sah zu Fiona, nicht zu mir. Doch dann schien er plötzlich nur zu mir zu sprechen.

„Euer Dad und eure Mom …" Er senkte den Blick, fuhr sich über den Stoff seiner Hose, knetete seine Finger und fuhr dann endlich fort: „Sie hatten einen Unfall." Er schüttelte den Kopf, immer und immer wieder. „Es tut mir so leid." Er umarmte mich abermals ganz fest, während ich nicht verstand, was er gerade gesagt hatte.

Ein spitzer Schrei ließ mich zusammenzucken. Fiona kreischte. „Nein, nein, sie sind nicht tot! Ihr lügt! Sie sind nicht tot!" Sie schlug wild um sich. Grandma versuchte sie zu beruhigen, aber Fiona kreischte noch lauter. Ich hielt mir die Ohren zu, es war so laut. Was redete sie wieder für einen Quatsch? Wir fuhren später in den Wald, einen Weihnachtsbaum aussuchen. So wie immer. Dad hatte es versprochen! Und Versprechen wurden gehalten. Immer, egal, was passierte.

Endlich war Fiona still. Ich nahm die Hände von den Ohren, hörte Onkel Vernon immerzu „Es tut mir so leid, so leid" sagen. Er griff nach mir, wollte mich wieder umarmen. Doch ich hatte genug. Mit aller Kraft drückte ich ihn von mir weg.

„Nein, es geht ihnen gut und wir werden einen Weihnachtsbaum holen. Dad wird kommen. Er hat es versprochen!“ Bevor mich jemand aufhalten konnte, stürmte ich aus dem Haus. Ich schlug den Weg zur Hauptstraße ein und rannte, bis ich die große Kreuzung erreichte. Es war schon später Morgen, unzählige Autos standen an den Ampeln. Immer wieder sah ich von links nach rechts und zurück, suchte dabei nach einem schwarzen Truck. Es gab einige, und mein Herz hüpfte immer schneller, wenn ich einen entdeckte. Aber es waren nie Mom und Dad.

„Cal, Junge, zieh dir wenigstens Schuhe und eine Jacke an.“ Onkel Vernon stand auf einmal neben mir. Ich hasste ihn, er war ein Lügner. Aber ich fror. So nahm ich wortlos die Sachen und zog mich an. Onkel Vernon blieb mit mir an der Kreuzung stehen, bis mir so kalt wurde, dass ich zitterte.

„Komm, Cal, gehen wir nach Hause.“

Seine Hand lag schwer auf meiner Schulter. Nur wenn ich jetzt mitging, gab ich auf. Und das durfte ich nicht. Ich durfte nicht aufgeben, sie würden kommen, ganz bestimmt. Tränen stiegen in mir auf, ich drängte sie zurück. Stattdessen ballte ich meine Fäuste so stark, dass meine Fingernägel in meine Handinnenflächen schnitten. Onkel Vernon war ein Lügner, denn er brachte mich auch gar nicht nach Hause. Sondern nur zu Grandma und Grandpa.

Wenige Tage später zog Vernon zurück nach Greenlake und eröffnete dort seine Kanzlei.

Ich fuhr nicht mehr in den Wald. Ich weinte auch nicht und schon gar nicht wollte ich über Mom und Dad reden.

Ein Jahr später holte mich Onkel Vernon zu einem Ausflug ab.

„Dein Dad wollte ein Winterresort kaufen für dich und deine Mom", erzählte er mir. „Es war sein Traum. Du weißt, dass er den Winter und auch den Wald so geliebt hat wie du."

Ich heulte auf der ganzen Fahrt zum Weihnachtsbaummarkt wie ein Schlosshund, und als ich fast zwanzig Jahre später mit meinen drei besten Freunden den Vertrag für das *Winter Dream Resort* unterschrieb, liefen mir ein weiteres Mal die Tränen. Denn ich war mir sicher, dass mein Dad in diesem Moment auf mich herabsah und verdammt stolz war. Ich hatte seinen Traum verwirklicht.

KAPITEL 1

CALVIN

Heute, dreißig Jahre alt

„Vergiss morgen nicht die Feier im Gemeindesaal, am zwölften bist du dran, Grandma zum Bridgeabend zu fahren, und am fünfzehnten ist Chrissys Schulaufführung. Dann wollte ich noch mit dir …“

Während meine älteste Schwester Valerie mir am Telefon meine privaten Verpflichtungen vorbetete, betrachtete ich den Vorplatz des *Winter Dream Resort*. Gerade hatten wir den dritten Geburtstag gefeiert. Dabei hatte ich als CFO voller Stolz verkünden können, dass wir in den schwarzen Zahlen waren und das Resort ab jetzt nicht mal mehr auf Fremdkapital angewiesen war. Ein sehr gutes Gefühl.

Automatisch wanderte mein Blick über den Eingangsbereich, wo zwei Busse unsere Hotelgäste im Halbstundentakt zu den nahe gelegenen Skiliften fuhren oder sie abholten. Das Skigebiet war riesig, insgesamt zweihundertfünfzig Kilometer Piste waren über achtunddreißig Lifte erreichbar. Die Hälfte davon waren schwarze Pisten, was genau meinem Geschmack entsprach. Je herausfordernder, desto besser. Aber auch für Anfänger hatte die Gegend genug zu bieten, wie ich am Andrang der Busse gut erkennen konnte, da auch viele Kinder ausstiegen. In weniger als drei Wochen war bereits Weihnachten. Wir würden die Frequenz der Fahrten erhöhen, denn der Schnee war im Moment traumhaft und die Wetterprognose versprach, dass es so bleiben würde.

Die Dämmerung hatte bereits eingesetzt, unser Abendprogramm unterhielt unsere Gäste. Es gab einen Tanzbereich und eine Bar mit Billardtischen und Dartscheiben. Natürlich stand auch ein großzügiger Wellness- und Spa-Bereich mit zwei Schwimmbädern zur Verfügung. Einige der Gästehäuser besaßen sogar eigene Whirlpools.

„Was ist mit Onkel Vernon?“, unterbrach ich den Redefluss meiner Schwester, während ich mich vom Fenster abwandte. Schon länger sprach er davon, seine Kanzlei zu verkaufen und sich zur Ruhe zu setzen. Er war mittlerweile siebzig, hatte bereits vor Jahren kürzertreten wollen. Das Problem war, dass er keinen eigenen Nachfolger hatte, was es ihm noch schwerer machte, loszulassen. Trotz seiner Freundin, die in San Diego lebte, seinem alten Wohnort. Sie führten eine Fernbeziehung und offenbar mit Erfolg. Ich hatte jedenfalls nichts Gegenteiliges gehört.

„Nichts Neues. Zwar hatte er ein paar Angebote, aber du weißt, wie stur er sein kann. Bis er nicht glaubt, dass er den perfekten Käufer gefunden hat, macht er weiter. Außer …"

„Außer was?"

„Außer Olivia drängt natürlich."

„Ich dachte, es liefe gut."

„Und wenn schon, eine Fernbeziehung über so lange Zeit … ich könnte das nicht. Du etwa?"

Diese Frage stellte sich bei mir gar nicht erst und das wusste Valerie ganz genau. *Aber es ist eine schöne Einleitung in das Lieblingsthema meiner Schwester,* dachte ich spöttisch.

„Keine Ahnung."

„Gibt es denn bei dir jemanden?"

„Nein." Genervt ging ich zu meinem Schreibtisch und rief auf meinem Computer unsere Hotelreservierungen auf. Wir waren bis in den Februar ausgebucht, auch der März war an den Wochenenden komplett dicht. Ein gutes Zeichen, denn mir schwebte ein Ausbau vor. Das Haupthaus besaß knapp hundertvierzig Zimmer und Suiten, dazu kamen noch zwei Dutzend Gästehäuser. Eine Möglichkeit wäre, das Haupthaus um einen weiteren Flügel zu ergänzen oder ein zweites kleineres daneben zu bauen. Dazu müssten wir einige der Gästehäuser versetzen. Auf jeden Fall würde ich mich bald mit einem Architekten treffen und mir ein paar Vorschläge unterbreiten lassen, damit wir die Bauarbeiten in der Nebensaison starten könnten. Ich war noch lange nicht damit fertig, das *Winter Dream Resort* zum größten und bekanntesten inner- und außerhalb Montanas zu machen. Wes unterstützte dieses Vorhaben, indem er sich um das Marketing kümmerte. Dank ihm hatten wir aktuell den größten Travel-Blogger in den USA zu Gast. Der Kerl war zwar eine Diva und Wes hatte alle Hände voll zu tun mit ihm, doch wenn wir am Ende einen glänzenden Bericht kassieren würde, hätte sich der Ärger gelohnt.

„Ich weiß, dass du viel um die Ohren hast, aber das Leben besteht aus mehr als nur Arbeit. Was ist mit Familie, Kindern, Urlaub? Du machst kaum Pausen“, drang Valeries Stimme an mein Ohr.

„Natürlich mache ich Pausen. Hast du mir nicht vorhin erzählt, was ich privat alles vorhabe?“

„Ja und ich schätze es sehr, dass ich auf dich zählen kann, aber es ist nicht dasselbe.“

„Es ist alles gut, wie es ist.“ Mein Leben war toll. Ich hatte mit meinen besten Freunden den Traum meines Dads verwirklicht. Ich wohnte nicht weit von hier in einem selbst entworfenen Holzhaus. Am Wochenende verbrachte ich Zeit in meinem eigenen Shop für handgeschnitzte Holzfiguren oder mit meiner Nichte und meinem Neffen. Und wann immer ich meine Ruhe suchte, war ich im Wald. Den Adrenalinkick holte ich mir auf der Piste. Und weibliche Gesellschaft suchte ich in den größeren Nachbarstädten, schön weit weg von Greenlake. Alles lief so, wie ich es wollte.

„Wenn du meinst", antwortete Valerie gedehnt, sodass bei mir sämtliche Alarmglocken schrillten.

„Was soll denn das jetzt bedeuten?"

„Du bist immer allein. Während der Woche arbeitest du und am Wochenende hockst du im Shop und schnitzt, bis es dunkel wird. Ich könnte fast meinen, dass du dich versteckst."

„Was ist denn das für ein Blödsinn? Ich sehe Chrissy und Jackson, sooft ich kann. Genauso wie meine Freunde. Also keine Rede davon, dass ich mich verstecke."

„Natürlich, du versteckst dich vor dem Leben, Cal."

Dass Val ins Schwarze getroffen haben könnte, merkte ich daran, dass ich wütend aufgesprungen war.

„Und du meinst, eine Beziehung würde das ändern? Wenn ich Frau und Kinder hätte, wäre alles besser? Ich bin glücklich, so wie es ist." Aufgebracht begann ich, im Zimmer auf und ab zu laufen.

„Grandma macht sich auch so ihre Gedanken."

„Soll ich sie darum zum Bridge fahren? Damit sie mich verkuppeln kann?" Grandma mischte sich nicht in mein Leben, sie würde es nie wagen …

„Natürlich!", gab Valerie so unumwunden zu, dass mir einen Moment der Mund offen stand. „Komm schon, Cal, du bist nicht wirklich erstaunt, oder?"

Doch, um ehrlich zu sein schon. „Danke für die Warnung", antwortete ich sarkastisch.

„Gern geschehen", konterte sie zuckersüß.

„Ich muss los, schickst du mir alle Termine noch schriftlich?“

„Natürlich, sie sind gleich in deiner Inbox. Chrissy wird sich freuen, dass du zur Schulaufführung kommst. Danke und wenn du mal reden willst, ungeniert. Ich weiß, dass ich dir damals keine große Stütze war. Es tut mir leid.“

„Schon okay.“

„Bis dann.“

„Schönen Abend.“

Wir legten auf. Unsere Eltern waren schon über zwanzig Jahre tot. Es war müßig, darüber zu reden, wie jeder von uns mit der Trauer umgegangen war. Dennoch hatte Valerie recht: Ich litt an Verlustängsten. Darum zog ich eine lockere „Beziehung“ einer eigenen Familie immer vor. Ich suchte nichts Ernstes.

Zu aufgewühlt, um meine Berichte zu studieren, beschloss ich, eine Pause einzulegen. Der Tag war noch nicht vorbei und ich brauchte einen klaren Kopf für die verbleibenden Stunden. Meine Assistentin ließ ich wissen, dass ich eine Stunde nicht erreichbar war, bevor ich mich zu Hause umzog, meine Stirnlampe montierte und Richtung Greenlake joggte. Nur für das College in Boston hatte ich die Stadt verlassen und war danach gleich wieder zurückgekehrt. Hier waren meine Wurzeln, unsere Eltern begraben, ich konnte mir nicht einmal vorstellen, an einem anderen Ort zu leben. Nur musste ich das auch nicht, denn es hatte sich wie Fügung angefühlt, als das Winterresort zur Übernahme gestanden hatte. Meine Freunde waren sogleich mit von der Partie gewesen, wofür ich ihnen ewig dankbar sein würde. Allein wäre es schwierig geworden, trotz des kleinen Vermögens, das mir meine Eltern hinterlassen hatten und ich durch ein paar clevere private Geldanlagen vermehren konnte. Andere verbrachten Zeit mit der Spielkonsole oder veranstalteten Serienmarathons, ich studierte die Finanzmärkte und berauschte mich durch gelungene Investments. Jeder Dollar floss in das Resort und so sollte es auch die nächsten Jahre weitergehen. Ich hatte gar keine Zeit für eine Beziehung, das Resort verlangte meine ganze Aufmerksamkeit.

Nach fünf Meilen hatte ich mich so weit beruhigen können, dass ich umdrehte. Meine Ordnung war wiederhergestellt.

Danielle

Ein knisterndes Feuer, ein Glas Rotwein und mein Laptop, was wollte ich mehr?

„Bist … du … noch dran?", fragte mich meine Cousine Amy und keuchte dabei immer schwerer.

„Ja, aber bist du sicher, dass du genug Luft für den Crosstrainer und mich hast?" Schmunzelnd nippte ich an meinem Glas. Keine zehn Pferde würden mich in ein Fitnessstudio bringen. Dann lieber meine Zeit draußen verbringen.

„Natürlich, ich bin multitaskingfähig, so wie jede Frau." Sie atmete ein paarmal rasch aus. „Also, wo waren wir?"

Bei meinem Ex, aber Amy würde sicher gleich selbst darauf kommen.

„Ah, genau. Du brauchst einen neuen Mann, wenn du nicht am Single- und Kindertisch sitzen willst. Und glaube mir, das willst du nicht." Sie betonte jedes Wort, schien auch gar nicht mehr außer Atem. Hatte wohl doch gestoppt, denn jetzt war sie verbal voll in Fahrt. „Warum mussten Quinn und du euch auch gerade jetzt trennen? Ging es nicht ein paar Monate später?"

„Quinn hat eine Stelle in New York angetreten, schon vergessen? Anfang Oktober, das ist bereits über zwei Monate her. Großtante Mabel heiratet am Valentinstag, der ist immer im Februar."

„Danke, das weiß ich. Ihr hättet eine Fernbeziehung probieren können, wenn du nicht nach New York ziehen willst. Wobei, so sehr hängst du gar nicht an Seattle."

„Ja, die Sache ist die …"

„Ich weiß, New York ist dir zu hektisch", unterbrach sie mich. „Und Phoenix zu heiß, obwohl ich mich sehr darüber freuen würde, wenn du zu mir ziehen würdest. Und Sutton auch."

„Wie nett von ihm."

„Ja, nicht wahr? Und dank ihm bin ich bei der Hochzeitsfeier nicht allein. Aber dir läuft die Zeit davon. In ein paar Tagen bist du zurück am Schreibtisch und hast für gar nichts mehr die Muße."

„Ja, also, was ich noch erzählen wollte …"

„Oder hast du sowieso den ganzen Urlaub gearbeitet? Hätte ich besser früher angerufen", unterbrach sie mich wieder.

„Nein, passt schon, außerdem …"

„Aber ich versteh dich ja. Ich weiß manchmal selbst nicht, wo mir der Kopf steht."

Sie klang dabei sehr glücklich. Amy leitete ihre eigene Marketingagentur. Konnte sogar eine Vollzeitmitarbeiterin und einen Assistenten beschäftigen.

„Ich freue mich, dass du so gut ausgebucht bist, Frau Chefin." Gedanklich prostete ich Amy zu und trank danach mein Glas Wein aus. Der Barkeeper fragte mich per Handzeichen sogleich, ob ich ein weiteres wollte. Ich nickte.

„Es fühlt sich toll an, meine eigene Chefin zu sein", bemerkte Amy und seufzte zufrieden.

„Ich freue mich sehr für dich." Amy war erst achtundzwanzig, zwei Jahre jünger als ich. Aber sie hatte die Gelegenheit beim Schopf gepackt, als sie sich geboten hatte. Beneidenswert. Vielleicht sollte ich mir an ihr ein Bespiel nehmen. Dankend nickte ich dem Barkeeper zu, als er mir ein neues Weinglas hinstellte.

„Also zeig mal, wo bist du gerade und wo dein Laptop? Ich wette, dass wir darum nur telefonieren und nicht über Video reden, oder? Damit ich nicht sehe, dass du in deinem Luxusresort nichts anderes machst als in Seattle."

„Ich genieße auch das Wellnessprogramm. Und ich sitze jeden Abend bei einem Glas Wein in der Bar."

„Zeig mir mal die Bar", forderte mich Amy auf.

„Moment, ich muss die Kamera am Handy einschalten." Sobald Amys verschwitztes Gesicht vor mir aufleuchtete, drehte ich das Handy. „Der Tresen ist in der Mitte des Raumes, hier sitze ich meistens", erklärte ich Amy über meine Kopfhörer. Ich drehte mein Handy zu den Dutzenden Hochtischen, den Nischen an den kürzeren Seiten des Raumes und den Pooltischen im hinteren Bereich. Ein Dutzend Großbildfernseher hingen an den Wänden und über dem Tresen. Jeden Abend lief ein Eishockeyspiel live und daneben Aufzeichnungen von Football- und Baseballspielen. Ich mochte Sportbars, auch diese hier, vor allem wegen des vielen verarbeiteten Holzes und der gemütlichen Atmosphäre. Jetzt im Dezember war der Raum mit roten und goldenen Girlanden geschmückt. In zwei Stunden würde die Bar voll sein und ich mich in mein Zimmer zurückziehen, aber jetzt genoss ich es, eine der wenigen Gäste zu sein.

„Hoppla, die Barkeeper sind ja nicht zu verachten. Und wer ist der Hottie, der gerade zur Tür reinkommt?"

Mein Blick flog zum Eingang der Bar. Calvin Meyers, der CFO des Resorts, stand dort. Seinen

Namen hatte ich bereits herausgefunden. War nicht schwer gewesen, ich hatte einfach den Barkeeper gefragt, wer hier jeden Abend um dieselbe Zeit vorbeikam, ein paar Worte wechselte und dann gleich wieder ging. Heute begegnete Calvin meinem Blick. Wohl weil ich meine Kamera direkt auf ihn gerichtet hielt. Er runzelte die Stirn und trat sogar einen Schritt näher.

Mist. Abrupt drehte ich mich um, schaltete die Kamera ab und legte das Handy flach auf den Tresen.

„Hoppla, da wird mir ja schwindlig“, bemerkte Amy. „Wieso hast du mich denn wieder ausgeschaltet?“

„Entschuldige.“ Das war ja gerade mehr als peinlich gewesen. Hoffentlich war er inzwischen wieder weg. Ein Blick über meine rechte Schulter ließ mich aufatmen. Von Calvin Meyers war weit und breit nichts mehr zu sehen. „Das war der CFO des Resorts“, erklärte ich Amy im Flüsterton.

„Genau dein Typ. Groß, sportlich und du magst dunkelhaarige Männer.“

„Kann schon sein.“ Sie hatte absolut recht. Auch wenn das irrelevant war.

„Wirst du ihn ansprechen?“

„Natürlich nicht! Hast du vergessen, dass ich mich jedes Mal zum Narren mache, wenn mir ein Mann gefällt?“ Nicht nur brachte ich keinen Ton heraus, sondern meine Wangen brannten auch und meine Hände wurden ganz schwitzig.

„Nun, bei deinem Ex war es nicht so gewesen.

Vielleicht gehört ja dieser Calvin in dieselbe Kategorie."

„In welche? Zukünftiger Freund?" Die Idee war so absurd, dass ich auflachte.

„Wäre doch toll. Bis Februar reicht die Zeit allemal. Aber gut, wenn du nicht willst, dann kümmere ich mich anderweitig um deine Begleitung."

„Von Phoenix aus? Wie willst du das machen?", fragte ich irritiert. Mein Blick huschte währenddessen wie ferngesteuert zum Eingang der Bar. Kein Calvin Meyers. Natürlich nicht.

„Schon mal was von Dating-Apps gehört? Im Notfall buchen wir dir einen Mann."

„Was? Auf keinen Fall!" Und vielleicht dämpfte ich auch besser wieder meine Stimme. „Auf keinen Fall", wiederholte ich leiser.

„O doch! Es ist alles besser, als allein zu Großtante Mabels Hochzeit zu gehen. Glaub mir. Schon vergessen, wie lausig mein Timing war? Wie verhext, dass alle meine Beziehungen kurz vor ihren Hochzeiten in die Brüche gegangen sind. Sieben Mal!"

„Nun gut, zwei Wochen mit einem Mann zusammen zu sein, ist nicht wirklich eine Beziehung, oder?"

„Dieses Mal sind es bereits zwei Monate." Amy klang immer noch total verliebt. Ich hoffte für sie, dass sie mit Sutton wirklich bis Februar zusammenblieb. „Weißt du noch, wie Mabel mich das letzte Mal auf die Bühne geholt und den männlichen Gästen meine Vorzüge angepriesen hat?"

„Ja, das war schon etwas peinlich." Sie hatte das Wort auch an alle anderen Gäste gerichtet und deren männliche Freunde, Cousins oder Enkel miteinbezogen.

„Etwas? Sie hat gesagt, dass ich meine Unterwäsche bügle und eine gute Hausfrau wäre."

Ich musste mir auf die Zunge beißen, um nicht laut loszuprusten. War gar nicht so einfach.

„Sie hat auch erzählt, dass du gut kochen kannst und sehr hilfsbereit bist", fügte ich an.

„Ja, toll, da wollte ich bereits im Erdboden versinken. Außerdem meinte sie, dass ich für mein Alter eine wirklich gute Partie wäre. Schließlich verdiene ich im Marketing nicht schlecht. Doch wenn noch einer mit mir eine Familie gründen wollte, müsse er sich ranhalten. Da war ich erst fünfundzwanzig!"

„Ja, das war schon hart." Im Nachhinein war es total lustig, aber auf keinen Fall würde ich lachen. Dafür musste ich mir eine Hand vor den Mund pressen.

„Ich höre dich! Aber du verkennst den Ernst der Lage, denn hast du vergessen, dass du schon dreißig bist? Bei dir wird sie noch viel tiefer graben, all deine dunklen Geheimnisse hervorholen. Weiß sie zum Bespiel, dass du Socken im Bett trägst, weil du immer kalte Füße hast? Oder dass du ohne Schokorosinen nicht leben könntest? Vor allem wenn du gestresst bist? Aber keine Angst, ein paar Extrapfunde auf den Hüften sind ganz nett. Und beim Sex im Dunkeln turnen deine Socken einen Mann bestimmt auch nicht ab. Wahrscheinlich sucht sie sich einen Brillenträger für dich aus, dann sieht er auch deine Falten nicht, wenn er die Brille absetzt. Weitsichtig wäre ideal."

„Boah, du bist ja total fies!" Und ich wünschte mir, ich hätte meine Schokorosinen dabei. Denn jetzt war ich gestresst, und das nicht zu knapp.

„Tut mir leid. Aber du hast mich auch ausgelacht, gib es zu."

„Nur ein bisschen", gestand ich schmunzelnd.

„Ich liebe dich, Danny, und ich will nur dein Bestes", fuhr Amy ernster fort. „Somit lasse ich nicht zu, dass du allein zur Hochzeit fährst. Wir suchen dir einen Mann. Und wenn alle Stricke reißen, buchen wir dir einen für diesen Tag", beschloss sie.

„Was? Einen Callboy etwa?"

„Oh, jemand klingelt an der Tür. Bis bald."

„Bis bald."

Und schon war sie weg. Nachdenklich legte ich auf und nahm die Kopfhörer aus meinen Ohren. *Einen Callboy …* Die Idee war zu absurd, nur wollte ich auf keinen Fall, dass mich Großtante Mabel ins Rampenlicht stellte.

„Möchten Sie noch etwas?", fragte mich der Barkeeper.

„Einen Mann", rutschte es mir heraus. „Ich meine, ich würde gerne einen Hausburger mit Salat bestellen."

„So wie jeden Abend. Es stehen noch andere Dinge auf der Speisekarte", bemerkte er augenzwinkernd und reichte mir die Barkarte. Er sah wirklich gut aus, mit dunklen Augen und blonden Haaren. Sein schwarzes T-Shirt und seine helle Hose saßen wie bei seinen Kollegen eng. Er war sportlich und groß, aber viel zu jung, vielleicht Mitte zwanzig und nicht mein Typ. Gut, dass er meinen Versprecher ignorierte, denn natürlich wollte ich nichts von ihm.

„Vielleicht morgen." Ich schob ihm die Karte wieder zurück.

„Gut, morgen."

Während ich auf mein Essen wartete, klappte ich meinen Laptop auf und suchte Informationen über Dating-Apps. „O Mann, ich kann nicht glauben, dass ich das wirklich mache", murmelte ich vor mich hin. Es gab viel zu viele, zudem hatte ich überhaupt keine Lust, potenzielle Kandidaten zu treffen. Sowieso wusste ich nicht, wie ich das Thema Hochzeit überhaupt zur Sprache bringen sollte. *Hey, hallo, also du scheinst ja ganz nett zu sein, nur will ich weder eine schnelle Nummer noch suche ich die große Liebe. Aber hast du am vierzehnten Februar schon etwas vor?* Ja, bestimmt würden mir die Männer vor Begeisterung die Haustür einrennen. Also gut, dann eben doch ein bezahlter Mann.

Die Suchmaschine spuckte auf Anhieb eine ganze Reihe an Begleitservices für Frauen aus. Ich klickte auf die Agentur mit den besten Bewertungen. Sogleich wurden mir unzählige Männer angeboten. Die Palette war umfassend, von Collegeboys bis zu Männern in gestandenem Alter wurde alles angeboten. Damit hatte ich nicht gerechnet. Ebenso wenig, dass die Männer keineswegs wie Models aussahen, sondern wie der Nachbar von nebenan. Was sehr gut war, denn das würde die Glaubwürdigkeit für ihn und mich als Paar deutlich erhöhen. Und solange der Mann sympathisch war und wir auf einer Wellenlänge lagen, könnten wir bestimmt für ein paar Stunden vorspielen, eine Beziehung zu führen. Oder reichte frisch verliebt? Aber dann müssten wir uns andauernd anfassen und auch küssen. Definitiv etwas, das ich noch einmal mit Amy besprechen müsste. Immerhin war meine Situation nicht so aussichtslos, wie ich befürchtet hatte. Das Problem war nur, dass ich nicht so abgeklärt war, wie ich tat. Denn sonst hätte ich jetzt nicht das Bedürfnis, mein Glas auf Ex auszutrinken. *Nur ruhig Blut*. Nach einem Schluck fühlte ich mich bereits besser. Noch ein zweiter und ich konnte meine flatternden Nerven im Zaum halten.

„Ist hier noch frei?“, erklang auf einmal eine dunkle Stimme neben mir. Prompt verschluckte ich mich, als ich Calvin Meyers erkannte. Als ob das nicht schon peinlich genug wäre, prangten die Profilbilder von Dutzenden Männern auf meinem Laptop.

KAPITEL 2

CALVIN

Sie hustete und nickte, hustete noch einmal, doch dann beruhigte sie sich allmählich. Währenddessen nahm ich ihr das Glas ab und reichte ihr eine Serviette.

„Geht's wieder?" Ich hatte sie nicht erschrecken wollen, aber sehr wohl wissen, was hier vor sich ging. Wer war sie? Warum hatte sie mich gefilmt und was sollten die vielen Männerfotos auf ihrem Laptop?

„Ja, danke." Ihre Stimme klang noch etwas kratzig. „Sie haben mich überrascht", erklärte sie, während sie, als ob nichts wäre, ihren Laptop zuklappte und ihn in ihrer Tasche verstaute. Vince war inzwischen so aufmerksam gewesen, uns zwei Gläser mit Wasser zu bringen. „Das Essen kommt gleich", bemerkte er dabei an die Frau gewandt.

„Danke." Sie trank einen Schluck, stellte das Glas ab und räusperte sich, bevor sie mich aus grauen Augen betrachtete. Neugierig? Interessiert? Wollte sie etwas Bestimmtes von mir und hatte mich deswegen gefilmt?

„Mein Name ist Calvin Meyers, ich bin der CFO des Resorts.“ Fast schon roboterhaft streckte ich ihr meine Hand entgegen, die sie nach kurzem Zögern ergriff.

„Sehr erfreut. Mein Name ist Danielle Rawlins. Ich bin Anwältin aus Seattle.“ Sie errötete leicht.

„Warum haben Sie mich gefilmt?“, kam ich direkt auf den Punkt.

Abrupt ließ sie meine Hand los. „Das tut mir leid, es war keine Absicht. Meine Cousine, mit der ich telefoniert habe, wollte wissen, wie es hier aussieht. Ich wollte ganz bestimmt nicht Ihre Privatsphäre stören.“

Klang plausibel. Beantwortete aber nicht meine ungestellte Frage nach den vielen Männerfotos auf ihrem Laptop. Und wie formulierte ich solch eine Frage, wenn mich Miss Rawlins wohl gar nichts anging? Am besten setzte ich mich erst einmal.

„Haben Sie ein Spezialgebiet?“, griff ich ihren Beruf auf.

„Arbeitsrecht, Vertragsrecht, Wirtschaftsrecht. Ich kenne mich auch mit Schuldeneintreibungen und Insolvenzrecht aus und noch ein paar anderen Dingen.“ Nervös spielte sie mit ihrem Ohrring. Er war tropfenförmig, golden mit einem blauen Stein, passend zu ihrem Trägerkleid und den hochhackigen Schuhen. Die dunkelblonden Haare hatte sie kunstvoll hochgesteckt. Sie war mir schon früher aufgefallen, denn seit einer Woche saß sie jeden Abend am Bartresen und starrte in ihren Laptop. Immer in einem anderen eleganten Kleid, die Haare raffiniert frisiert. Aus der Nähe betrachtet konnte ich erkennen, dass sie kaum Make-up trug, ihre Wimpern dunkel und lang waren und ihre Haut frisch wirkte. Sie war eine richtige Schönheit und offenbar auch noch clever.

„Was hat es mit den Fotos auf sich?", fragte ich sie ohne Umschweife.

Miss Rawlins stockte in ihrer Bewegung, bevor sie mir beschämt einen Blick von der Seite zuwarf. Ich hielt ihn, doch plötzlich lachte sie zu meinem Erstaunen hell auf. „Es ist zu peinlich, das kann ich unmöglich erzählen." Sie schüttelte den Kopf und wurde rot.

„Ich bin ganz Ohr."

„Nein, wirklich nicht." Sie schüttelte noch einmal den Kopf und biss sich auf die Unterlippe.

„Einmal Hausburger mit Salat. Guten Appetit." Vince stellte das Essen vor Miss Rawlins ab. „Kann ich dir auch etwas bringen, Cal?"

„Dasselbe bitte."

„Kommt sofort."

„Das Essen ist wirklich sehr lecker", bemerkte Miss Rawlins, als sie genüsslich in den Burger biss und danach verzückt die Augen schloss. Bevor ich sie darauf hinweisen konnte, dass etwas von der Honig-Senf-Soße an ihrem Mundwinkel klebte, fuhr sie mit der Serviette darüber.

„Das freut mich." Besser, ich starrte nicht länger auf ihre Lippen. „Sitzen Sie deswegen jeden Abend in der Bar? Wegen des guten Essens?"

„Und der guten Gesellschaft." Mit dem Kopf deutete sie zu unseren Barkeepern. Ja, das Cocktailmischen hatten sie auf jeden Fall drauf, und so wie sich jetzt die Gruppe junger Frauen, die hereingekommen war, direkt auf Vince stürzte, wäre er die nächste Zeit beschäftigt.

„Weil Vince so ein guter Gesprächspartner ist?", fragte ich sie weiter aus. „Ich glaube nicht, denn dann würden Sie nicht vor Ihrem Laptop sitzen, sondern mit ihm reden, oder? Was haben Sie zu Ihrer Verteidigung zu sagen, Frau Anwältin?", neckte ich sie.

Sie legte den Kopf schief und musterte mich eindringlich. „Dass Sie mir gerade gestanden haben, dass Sie in Wahrheit *mich* beobachtet haben."

Touché. Da sie mir zuzwinkerte, konnte ich nicht widerstehen, mich zu ihr zu beugen. „Sie sind nicht zu übersehen. Aber kann ich denn mit Ihren anderen Männern mithalten?"

Wir flirteten, was ich nie mit einem Gast tat. Offenbar steckte der heutige Abend voller Premieren, denn ich aß auch nie in dieser Bar.

„Ich weiß es nicht, ich kenne keinen der anderen Männer. Aber bald, denn …" Sie legte ihren Burger zurück auf den Teller, wischte sich ihre Finger an der Serviette sauber und holte tief Luft. „Ich brauche einen Mann für eine Hochzeit. Und da mein Partner und ich uns vor ein paar Monaten getrennt haben, muss ich mir einen neuen suchen. Aber ich habe keine Zeit, den konventionellen Weg einzuschlagen. Also buche ich mir wahrscheinlich eine Begleitung. Sie haben die Seite eines Escort-Services gesehen, das ist schon alles."

Sie suchte einen Mann, der sie zu einer Hochzeit begleitete? Klang plausibel. „Wann findet die Hochzeit denn statt?"

„Am Valentinstag nächsten Jahres, in New Jersey. In einem Schloss. Und ich zitiere: Es gilt als einer der begehrtesten Orte des Landes für Promi-Hochzeiten. Darauf trinke ich und auch auf Großtante Mabel und dass ihre achte Hochzeit ihr endlich das Liebesglück bescheren wird, das sie verdient."

„Die achte Hochzeit?"

Miss Rawlins trank einen großen Schluck und nickte, als sie das Glas wieder abgesetzt hatte. „Ja, New Jersey im Februar ist auch auf jeden Fall besser als die Florida Keys in der Hurrikansaison, das war ihre fünfte Hochzeit. Oder Mexiko im Hochsommer, ihre sechste Hochzeit. Oh und vergessen wir Südafrika nicht. An Weihnachten kann es dort ganz schön warm sein."

„Sie haben es nicht so mit der Hitze", stellte ich amüsiert fest.

„Nein, gar nicht. Das ist auch mein Hauptproblem, warum ich nicht zu meiner Cousine und besten Freundin nach Phoenix ziehen kann."

„Auch nicht mit Klimaanlage?"

Miss Rawlins verzog den Mund. „Die kann ich ja

kaum mitnehmen, wenn ich rauswill, und ich bin gerne draußen."

„Sogar im schlechten Wetter Seattles? Zählt die Stadt nicht dreihundert Regentage?"

„Ja, das kommt wohl hin. Aber das macht mir nichts aus." Unbekümmert aß sie weiter, während ich sie dabei betrachtete. Ich konnte nicht behaupten, dass ich aus ihr schlau wurde. Aber sie hatte definitiv mein Interesse geweckt.

„So, hier bitte, guten Appetit." Auch mein Burger war fertig, dazu hatte Vince mir die scharfen Soßen und das Tabasco mitgebracht.

„Danke."

„Sie mögen es also scharf? Ein besonderer Adrenalinkick?", fragte Miss Rawlins schmunzelnd.

„Eine meiner Schwächen." Nachdem ich mein Essen ordentlich nachgewürzt hatte, biss ich herzhaft in meinen Burger. Er war perfekt, innen saftig, das Brötchen schön kross, so wie ich es mochte. Ungeniert stöhnte ich leise auf.

„Lecker, oder? Darum bestelle ich auch nie etwas anderes."

„Sie haben die ganze Woche Burger gegessen?"

„Genau."

Diese Frau war außergewöhnlich. Nur war sie auch verrückt genug, der Idee zuzustimmen, die, während wir hier gemeinsam saßen, in meinem Kopf mehr und mehr Form annahm? Würde sie zustimmen, mich auf das Weihnachtsfest meiner Familie zu begleiten als meine Fake-Freundin? Im Gegenzug könnte ich ihr mit der Hochzeit in New Jersey helfen. Würde sie sich darauf einlassen?

Als wir beide fertig gegessen hatten, tastete ich mich langsam vor: „Feiern Sie Weihnachten mit Ihrer Familie?"

„Nein, meine Eltern arbeiten und ich meist auch. Schockiert es Sie? Ich bin kein Grinch oder so. Meine Eltern leben in L. A. und sind sehr beschäftigt. Sie sind auch Anwälte, wir telefonieren und sehen uns … bald." Sie wirkte resigniert – oder ließ sie ihre Schultern aus einem anderen Grund hängen?

„Zu Großtante Mabels Hochzeit?"

Sie lächelte, dennoch war die Stimmung dahin. Wieso?

„Möchten Sie noch eines?" Ich deutete auf ihr leeres Weinglas.

„Nein, danke. Ich sollte los. Danke für die Gesellschaft." Sie packte ihre Sachen zusammen.

„Warum bleiben Sie nicht noch ein wenig? Oder haben Sie zu tun? Morgen früh einen wichtigen Termin, zu dem Sie frisch und munter sein müssen?" Zu viele Fragen gingen mir durch den Kopf, als dass ich den Abend bereits beenden wollte.

„Nein, nichts dergleichen. Ich wollte mir morgen endlich das Resort ansehen, bis jetzt kenne ich nur mein Zimmer, den Frühstücksraum, die Bar und den Spa-Bereich", zählte sie an den Fingern einer Hand ab. „Das war's schon. Übermorgen reise ich bereits ab."

Sie reiste ab? Natürlich, was hatte ich erwartet?

Dass sie die nächsten Wochen hierbliebe? Mist, das war es dann wohl mit meiner Idee. Wahrscheinlich hätte sie sowieso nie zugestimmt.

„Ich kann kaum zulassen, dass Sie das *Winter Dream Resort* verlassen, ohne es sich richtig angesehen zu haben. Warum treffen wir uns morgen nicht so gegen elf im Shop für Holzfiguren? Er ist nicht zu verfehlen, liegt direkt an der Plantage für Weihnachtsbäume."

„Sie wollen mir das Resort zeigen? Warum?", fragte sie hörbar überrascht.

„Weil ich möchte, dass Sie nach Hause fliegen und allen erzählen, wie wundervoll es hier ist."

Sie hob eine Augenbraue, funkelte mich mit ihren grauen Augen an. „Reden Sie von sich selbst?"

„Das Resort gehört mir und meinen besten Freunden. Es liegt mir am Herzen." Das war die Wahrheit. Dass ich so die Gelegenheit bekäme, Miss Rawlins noch näher kennenzulernen, ein Bonus.

„Also gut, vielen Dank, ich nehme die Einladung sehr gerne an." Sie bestellte die Rechnung, und als sie sie unterschrieben hatte, rutschte sie vom Barhocker und hielt mir die Hand hin. Auch ich stand auf. Mit ihren hohen Schuhen reichte sie mir bis zur Nasenspitze. Als ich ihre Hand dieses Mal ergriff, begann meine Haut zu prickeln.

Ihr Lächeln ließ mich unweigerlich auf ihre Lippen blicken. Sie faszinierte mich und brachte mich offenbar dazu, in kürzester Zeit meine eigenen Regeln über Bord zu werfen, denn ich wollte sie zum

Abschied sogar küssen. Ein absolutes No-Go. Außerdem war sie eine Fremde und würde mir mit Sicherheit einen Korb geben. Ich hatte keine Ahnung, was gerade in mich gefahren war. Doch ich ließ ihre Hand auch nicht los.

„Bis morgen, danke für den schönen Abend. Meine Freunde nennen mich übrigens Danny."

„Bis morgen, Danny. Meine Freunde nennen mich Cal."

Als sie die Bar verließ, zwang ich mich dazu, ihr nicht hinterherzusehen. Zumindest nahm ich es mir vor. Aber als ob sie mich magisch anziehen würde, drehte ich mich schließlich doch zum Ausgang um. Sie war an der Tür stehen geblieben, lächelte mir zu und winkte, bevor sie aus der Bar trat. Unter anderen Umständen … Nein, ich musste mir Danny aus dem Kopf schlagen.

KAPITEL 3

DANIELLE

Auch am nächsten Morgen konnte ich mir nicht erklären, warum ich keine Mühe gehabt hatte, mit Cal zu reden, ja sogar zu flirten. Er war so unglaublich sexy. Die ganze Zeit über hatte ich mich dabei ertappt, wie ich meine Hände in seinen dunklen Haaren, die ihm so keck in die Stirn fielen, vergraben wollte. Dazu hatte mich jedes Mal, wenn er sich zu mir gebeugt hatte, der herbe Duft seines Aftershaves in der Nase gekitzelt. Unter seinem schwarzen Jackett hatte ich seinen sportlichen Oberkörper bloß erahnen können, aber ich wettete, er war gut in Form. Davon sprachen seine markanten Gesichtszüge und kräftigen Hände. Er verbrachte sicher viel Zeit draußen, jedenfalls war er auch im Winter braun gebrannt. O Mann, er könnte für mein Herz sehr gefährlich werden.

Zum Glück war ich früh schlafen gegangen, bei Tageslicht konnte ich ihn löchern, ohne dass es gleich wie Flirten wirkte. Ich sollte mir überlegen, wie ich ihn am besten fragen könnte, warum er noch Single war. Eigentlich müssten die Frauen bei ihm Schlange stehen. Aber er trug keinen Ring am Finger und hatte mich heute eingeladen, um mir das Resort zu zeigen. Hatte er an einem Samstag nichts Besseres zu tun?

Von Neugierde getrieben frühstückte ich in Rekordzeit. Danach zog ich mir warme Kleidung und meine Stiefel an, dachte sogar daran, eine Mütze und Handschuhe mitzunehmen, und schloss mein Zimmer mit pochendem Herzen ab. Obwohl ich noch viel zu früh dran war, wurde ich bereits nervös. Wir hatten uns erst in einer Stunde treffen wollen, aber warum denn nicht bis dahin das Resort allein auskundschaften? Den inneren Bereich kannte ich bereits, somit ging ich direkt zur Lobby. Dort hing am Eingang eine Karte der Hotelanlage und des angrenzenden Gebietes. Der Shop, von dem Cal gesprochen hatte, lag am Ende des Ostflügels des Haupthauses, daneben war ein Wald eingezeichnet. Offenbar gab es auch eine Husky-Zucht und auf der gegenüberliegenden Seite das Eisfeld. Das hatte ich mir ebenfalls ansehen wollen, nicht, weil ich Schlittschuh lief, aber mich interessierten die Eisskulpturen, die daneben ausgestellt waren. Oder sollte ich die Huskys besuchen? Bestimmt müsste ich mich dafür lange im Voraus anmelden. Dann eben ein anderes Mal.

Als ich aus dem Haupthaus trat, blieb ich stehen und atmete ein paarmal tief durch. Die Luft war kühl und frisch, das Gegenteil von der in Seattle oder L. A. Zudem trübte keine Wolke den Himmel, es würde ein strahlend schöner Tag werden. So wie gestern und vorgestern. Eigentlich hatte ich gehofft, dass es wenigstens einen Tag schneien würde, nun gut, vielleicht das nächste Mal. Das nächste Mal … würde es ein nächstes Mal geben? Wann? Besser, ich genoss meinen letzten Tag in vollen Zügen, nahm alles mit, was mir dieses wunderschöne Resort zu bieten hatte. Plus die Berge, den Wald, die frische Luft. Das Knirschen des Schnees unter meinen Sohlen und wie gut später eine heiße Schokolade im Kaminzimmer schmecken würde. Am liebsten mit ordentlich Marshmallows drin. Erinnerte sich Amy noch daran, wie wir als Kinder immer gewettet hatten, wer wie viele davon in einer Minute essen konnte? Ich hatte mich einmal sogar übergeben müssen. Hoffentlich kannte Großtante Hazel diese Geschichte nicht. Mich schüttelte es bei dem Gedanken, was sie alles über mich erzählen könnte. Und natürlich meinte sie es bloß gut, nur war ihre direkte Art nicht immer angebracht.

Spontan beschloss ich trotz der frühen Stunde den Holzfigurenshop zu besuchen. Somit schlug ich den Weg nach Osten ein und bereits nach kurzer Zeit entdeckte ich mein Ziel. Er war nicht zu verfehlen, ein mannshoher Biber und ein kniender Wolf flankierten die massive, aber offen stehende Tür des Blockhauses. Es war größer, als ich vermutet hatte, besaß sogar ein Obergeschoss. Und offenbar wurden hier auch Weihnachtsbäume verkauft. Stimmt, Cal hatte von einer Plantage gesprochen. An der Werkbank vor dem Haus verpackte ein Mann die Bäume in Netze und kassierte auch gleich das Geld dafür ein.

Wie konnte mir entgangen sein, dass hier Weihnachtsbäume verkauft wurden? Vielleicht nur am Wochenende? Jedenfalls lief das Geschäft scheinbar gut, den unzähligen Autos, die am Straßenrand parkten, nach zu urteilen. Entzückt trat ich näher, fuhr mit den Fingern über die Nadeln eines besonders buschigen Exemplars. Einige Tannen waren winzig, reichten mir kaum bis zu den Hüften. Je weiter ich lief, desto größer wurden die Bäume und bald schon überragten sie mich. Zwar war ich in einer großen Villa in L. A. aufgewachsen, aber nie hatten wir solch einen Baum im Wohnzimmer stehen gehabt. Er war bestimmt drei Meter hoch. Und er und seine Nachbarn waren auch nicht ganz so perfekt wie die, die in der ersten Reihe standen.

„Ich will den da haben." Ein kleiner Junge mit roter Bommelmütze stand auf einmal neben mir und zeigte mit dem Finger auf genau die Tanne, auf die ich staunend starrte. War er allein? Seine Eltern waren jedenfalls nicht bei ihm. Aber hier konnte er ja kaum verloren gehen.

„Ja, mir gefällt die Tanne auch ausgesprochen gut. Leider habe ich keinen Platz dafür. Du schon?"

„Mom sagt sicher Nein." Niedergeschlagen setzte er sich in den Schnee und stach mit dem behandschuhten Zeigefinger hinein. Immer wieder. War das ein Spiel? Was nun? Ich konnte ihn hier nicht allein sitzen lassen. „Schmückst du denn den Baum selbst? Oder hilft dir deine Mom oder dein Dad?", fing ich ein Gespräch an und kniete mich zu ihm.

„Chrissy sagt, ich bin zu klein und mache die Kugeln kaputt. Ich darf Lametta werfen."

„Wer ist Chrissy? Deine Schwester?"

„Ja. Hast du auch eine?" Er hörte auf, im Schnee zu stochern, sah mich aus großen braunen Augen an. Seine Mütze war etwas zu groß, rutschte ihm immer wieder ins Gesicht, sodass er sie zurückschob.

„Nein, leider nicht. Ich bin allein. Ich habe unseren Baum immer mit kandierten Äpfeln und Ingwerplätzchen geschmückt. Einmal habe ich alle meine Barbiepuppen drangehängt. An den langen Haaren."

„Das ist lustig. Meine Schwester hat auch Barbiepuppen."

Oh, oh, hatte ich ihm jetzt Flausen in den Kopf gesetzt? „Ja, kann sein, dass deine Schwester es nicht so toll findet, wenn du ihre Puppen nimmst. Bleib besser beim Lametta, und falls du mal helfen darfst, häng Kekse an den Baum. Die kannst du später essen. Magst du S'mores?"

„O ja, ich liebe S'mores."

„Ich auch!" Was gab es Besseres als Kekse und Marshmallows zusammen? Auf einmal sprang er auf und rannte Richtung Shop. Aus der Ferne hörte ich ihn rufen: „Daddy, Daddy, machen wir S'mores?"

„Ja, später, jetzt suchen wir einen Baum", erklang die dunkle Stimme eines Mannes.

Noch ein letztes Mal betrachtete ich meine Lieblingstanne, bevor ich am Ende des Wäldchens nach Süden abbog und schon bald bei den Eisskulpturen ankam. Ein Adler, ein Bär, ein Delfin … die Tiere waren auch hier bestimmt zwei Meter groß. Sie waren atemberaubend, die Federn oder das Fell sahen so echt, so detailliert ausgearbeitet aus. Offenbar leuchteten die Figuren im Dunkeln in den unterschiedlichsten Farben, so hatte ich es auf einem Flyer in der Hotellobby gelesen.

Langsam schlenderte ich weiter, vorbei an einem Schloss mit Drachen, einem Einhorn und einer Eisprinzessin. Am Ende prangten auf einem Podest zwei in sich verschlungene Herzen. Sehr romantisch. Ich drehte mich einmal im Kreis und ließ das Resort auf mich wirken. Schon komisch, dass ich mir meinen Ex hier gar nicht vorstellen konnte. Er passte in eine Großstadt, fühlte sich pudelwohl in Anzügen und gestärkten Hemden. Neue Restaurants und Clubs zu erkunden und auch mal eine Galerieeröffnung mitzumachen, war seine Vorstellung von erholsamen Stunden. Zudem liebte er seine Arbeit. Wir hatten tolle Jahre gehabt, nur wurde mir jetzt klar, dass Quinn nie vorgehabt hatte, unser fünfjähriges Jubiläum hier zu feiern.

Wie wenig es mir ausmachte, dass er wohl viel länger an eine Karriere in New York gedacht hatte, als ich wusste, bestätigte mir, dass die Trennung richtig gewesen war. Unsere Liebe war erloschen, schon länger. Froh, dass ich auch allein nach Montana geflogen war, ging ich gut gelaunt zurück zum Shop.

Den kleinen Jungen von vorhin sah ich nirgends. Hoffentlich hatte er einen schönen Baum bekommen. Stattdessen entdeckte ich Cal auf der Veranda auf einem Hocker sitzen und … schnitzen? Ein Lächeln lag auf seinen Lippen, als er ein so kleines Stück Holz bearbeitete, dass ich es kaum sah.

Ich trat näher, hätte mich am liebsten ganz dicht vor ihn gestellt, um nichts zu verpassen. Dem kleinen Mädchen, das an der Hand einer weißhaarigen Frau zappelte, ging es wohl ähnlich.

„Ich bin gleich fertig, Melissa."

„Kann ich es schon sehen? Bitte, bitte."

Was schnitzte Cal denn da? Fasziniert wartete ich und nutzte die Gelegenheit, Cal zu betrachten. Heute trug er Freizeitkleidung, schwere Stiefel, Blue Jeans und eine moosgrüne Daunenjacke im Bomberstil. Er sah viel jünger aus, aber das lag vor allem daran, dass Cal strahlte.

„Noch eine letzte Feder – fertig." Er nickte zufrieden, bevor er seine Hand dem Mädchen hinstreckte.

„Wow, danke schön", wisperte sie ehrfürchtig.

Ich konnte immer noch nicht erkennen, was es war.

„Vielen Dank, Cal", bemerkte die ältere Frau.

„Gerne, May. Den Weihnachtsbaum bringe ich dir am Dienstag vorbei."

„Schönes Wochenende, mein Junge."

„Tschüss!" Das kleine Mädchen umarmte Cal fest, bevor es an der Hand der alten Frau davonging. Nicht nur ich hatte Cal zugesehen, eine kleine Traube Kinder hatte sich um ihn gebildet. Doch als er mich entdeckte, verließ er seinen Posten und kam auf mich zu.

„Hey. Du schnitzt?" Und er roch nach Holz und Mann, schoss es mir durch den Kopf, als er dicht vor mir stehen blieb.

„Guten Morgen, ja, der Laden gehört mir, auch die Plantage." Ein Lächeln umspielte seine Lippen, als er in Richtung des Weihnachtsbaumwaldes blickte. Bildete ich mir ein, Wehmut in seinen Augen zu lesen, als er sich mir wieder zuwandte? Und einen Augenblick schien er auch geistig woanders zu sein, sein Lächeln gefror, die Wärme in seinem Gesicht verschwand. Doch in der nächsten Sekunde verflog der dunkle Schleier und er wirkte wieder zufrieden.

„Das hätte ich nie vermutet."

„Nicht nur du bist für Überraschungen gut."

„Ich bin ein offenes Buch, keine Geheimnisse, du kannst mich alles fragen."

„Eine Anwältin, die offen ist? Darfst du das überhaupt? Oder hältst du mir gleich einen Knebelvertrag unter die Nase? Und kann ich noch verhandeln, was meine Strafe sein wird, wenn ich mich nicht daran halte?" Er flirtete ganz klar wieder mit mir. Sein Tonfall war verführerisch und er kam mir auch immer näher. Dabei stand ich ihm in Nichts nach, warf ihm kokette Blicke zu, während ich so tat, als ob ich es mir überlegen würde.

„Nein, ich denke, ich verweigere die Aussage, wenn deine Fragen zu privat werden. Also, was machen wir jetzt? Ich habe mir das Gelände bereits angesehen."

„Wann?"

„Vorhin."

Er lachte schallend auf. „Es ist viel größer, als du denkst. Fährst du Ski?"

„Nicht wirklich. Ich mag das Meer. In meiner Kindheit und als Teenager war ich jede freie Minute surfen. Einmal war ich im Schullager Ski fahren, es war ganz okay. Bis ein Junge von meiner Klasse mich dauernd geschubst hat. Das fand ich überhaupt nicht witzig."

„Er mochte dich und wollte deine Aufmerksamkeit."

„Ach ja, ich mochte ihn aber so noch viel weniger."

„Sein Pech würde ich sagen. Ich verspreche dir, dich nicht zu schubsen." Das Blitzen in seinen braunen Augen strafte seine Worte Lügen.

„Du willst mit mir Ski fahren? Jetzt? Sind wir dafür nicht schon zu spät dran? Es ist beinahe Mittag. Ich müsste noch die Ausrüstung mieten und wohl auch andere Kleidung besorgen." Und ich hatte eigentlich keine Lust.

Vielleicht sah er mir das an, denn er antwortete: „Dann machen wir etwas anderes. Komm."

„Schlittschuhlaufen?“, fragte ich skeptisch nach.

„Nein, einen Waldspaziergang.“

Wir gingen quer durch den Tannenwald, so wie ich vor einer Stunde. „Das sind Frasertannen, sehr beliebt, weil die Nadeln kurz und dicht sind“, erklärte er mir dabei.

„Sie sehen wie gemalt aus, fast schon zu perfekt. Aber ich mag den harzigen Duft. Die drei Meter große Tanne ganz am Ende des Waldes wäre mal was. Doch dazu bräuchte ich nur zuerst das passende Haus.“

Schon komisch, dass ich in Cals Gegenwart überhaupt nicht auf den Mund gefallen war. Dabei trieb er meinen Puls regelmäßig in die Höhe. Heute hatte er sich nicht einmal rasiert. O Mann, dass mir der Holzfällertyp genauso gut gefallen würde wie der Anzugträger, hätte ich nicht gedacht.

„Ja, wir verkaufen dennoch einige davon. Mein Neffe will auch unbedingt solch eine große Tanne haben, aber genau wie du besitzt meine Schwester kein passendes Haus.“ Er war geradewegs zu meinem Lieblingsbaum gegangen. Nachdem ich meinen Handschuh ausgezogen hatte, fuhr ich bedacht über die Nadeln.

„Wie alt ist dein Neffe?“

„Fünf, seine Schwester ist sieben. Jackson und Chrissy.“

Dann war das wohl der Junge, den ich vorhin gesehen hatte. Ich schmunzelte. „Steht ihr euch nahe?“

„Ja, ich sehe sie oft. Mit ihrer Mutter, Valerie, verstehe ich mich gut, sie lebt in Greenlake. Fiona, meine zweitälteste Schwester, lebt mit ihrem Mann in Helena, hundertfünfzig Meilen nördlich von hier."

Und verstand er sich mit ihr auch gut? Ich war mir nicht sicher.

„Wir hatten nur in meiner Kindheit echte Tannenbäume zu Weihnachten", erzählte ich ihm. „Irgendwann hat sie meine Mom durch die Plastikvariante ersetzt, und als ich am College war, nicht einmal mehr das. Es hat mich nie gestört." Bis jetzt. „Muss an der weihnachtlichen Stimmung hier liegen, dass ich mir überlege, ob ich nicht doch einen echten Baum kaufen soll. Für mich allein wirkt es allerdings wie Verschwendung."

Cal legte den Kopf schief. „Wenn es dir Freude bereitet, ist es keine Verschwendung."

„Ich ziehe um. Es lohnt sich somit wirklich nicht. Wie sieht denn dein Baum aus? Hast du einen in deinem Haus?"

Calvin

Ich hatte keinen Baum und der Grund dafür war mein Dad. Er war für alles der Grund. Dass ich die

Weihnachtsbaumplantage betrieb, den Schnitzshop, das Resort. Sogar, dass ich nie weggezogen war. Er war mein Held gewesen und nichts und niemand hatte ihn ersetzen können. Natürlich hatte ich auch immer meine Mom vermisst, aber nie so wie Dad.

„Nein. Ich verbringe Weihnachten bei meiner Familie, wenn ich nicht im Resort bin. Da ergibt es wenig Sinn, einen eigenen Baum aufzustellen, zumal die Frasertannen auch nicht so langlebig sind. Komm, gehen wir ein Stück.“ Ich beendete das Thema, und obwohl Danny bestimmt noch Fragen auf der Zunge brannten, folgte sie mir, ohne sie zu stellen.

Ich wusste, dass ich ihr von meinen Eltern erzählen musste, wie mich ihr Tod geprägt hatte, und wohl auch von meiner Bindungsangst, wenn ich sie für meine Idee gewinnen wollte. Und das wollte ich nach wie vor. Meiner Familie vorzuspielen, dass Danny meine Freundin wäre, würde mir auf einen Schlag meinen Seelenfrieden zurückgeben. Auch wenn es bedeutete, dass ich meine Großmutter, Onkel Vernon und meine Schwestern mitsamt ihren Familien anlügen würde. Verdammt und schon stellte sich das schlechte Gewissen ein.

„Kannst du etwas langsamer machen, sonst muss ich mich so stark auf den Weg konzentrieren, dass ich noch den Wald verpasse“, bat mich Danny plötzlich.

„Oh, entschuldige, ich habe es gar nicht gemerkt.“

„Du warst auf einmal ganz tief in Gedanken. Hast du überhaupt Zeit, mit mir zu spazieren?"

„Natürlich, sonst hätte ich es dir nicht angeboten." Ich deutete nach rechts. „Die Husky-Zucht gehört einem meiner besten Freunde, er bietet auch Schlittenfahrten mit den Hunden für unsere Resort-Gäste an." Ich blieb nicht stehen, obwohl ich Dannys Zögern bemerkt hatte. Ich wollte ihr etwas anderes zeigen.

„Das ist schön. Beste Freunde sind wichtig. Ich sollte mir wirklich überlegen, ob Phoenix nicht doch für meinen Umzug infrage käme. Wir begegnen keinen Bären oder Wölfen, oder?", wechselte sie abrupt das Thema und blieb stehen. Mit gefurchter Stirn blickte sie vor und zurück.

„Zwar gibt es hier Bären, aber die sind größtenteils in Winterruhe. Wölfe haben wir keine. Falls sich hier ein Rudel angesiedelt hätte oder ein Bär gestört wurde, hätte Jude uns längst informiert. Er ist unser Ranger und kennt den Wald wie seine Westentasche", versuchte ich sie zu beruhigen. „Ich fand es schade, dass du noch gar nichts vom Resort gesehen hast." Es war so weitläufig, ich hätte mit ihr die Tage draußen verbringen können. „Komm, es ist nicht mehr weit."

„Nun, gar nichts ist wirklich übertrieben." Sie lachte empört auf, setzte den Weg jedoch fort. „Aber ja, hättest du mich besser gleich am ersten Abend angesprochen", ergänzte sie in flirtendem Tonfall und zwinkerte mir zu.

„Ich lasse die Gäste normalerweise in Ruhe", gab

ich schmunzelnd zu. Doch bei Danny hätte ich es bereut. Ich mochte sie, sie faszinierte mich und ich wollte mehr von ihr erfahren. Egal, ob sie meinem Vorschlag später zustimmte oder nicht.

„Dann war es mein Glück, dass ich dich gefilmt habe. Schade, dass Amy nicht früher Zeit hatte, mit mir zu telefonieren. Sie leitet ihre eigene Marketingagentur, hat sich dieses Jahr selbstständig gemacht und konnte schon zwei Mitarbeiter einstellen." Stolz schwang in Dannys Stimme mit, wenn sie von ihrer besten Freundin sprach. „Ihr hätte es hier gefallen. Schon komisch, mir ist erst heute aufgefallen, dass es meinem Ex wohl nicht so ergangen wäre. Dabei hatte er meinem Vorschlag, unser fünfjähriges Jubiläum hier zu feiern, sofort zugestimmt." Sie wirkte nachdenklich, ließ ihren Blick über die hohen Tannen bis zum blauen Himmel schweifen. Leise seufzte sie, bevor sie mir ein Lächeln schenkte. „Es ist wundervoll."

„Das freut mich." Ich erwiderte ihr Lächeln. „Wie bist du überhaupt auf die Idee gekommen, wenn du lieber surfst als Ski fährst?"

„Ich habe einfach die Suchmaschine gefragt, was die romantischsten Locations im Winter sind, und raus kam Winterresorts. Danach habe ich recherchiert, wohin es von Seattle Direktflüge gibt, und bin in Montana gelandet. Es gibt drei pro Tag von Seattle hierher und sie dauern bloß anderthalb Stunden. Als ich das *Winter Dream Resort* gefunden hatte, habe ich mich sofort verliebt. Mit den vielen spitzen Giebeln am Haupthaus, den Hütten und sogar Iglus wirkt es wie aus einem Märchenbuch. Dazu der dichte Wald und die schneebedeckten Gipfel“, schwärmte sie. „Somit war für mich klar, dass wir hierher fliegen.“

„Mein Glück“, rutschte mir heraus. Erstaunt hob sie eine Augenbraue. Danny hatte keine Ahnung, wie sehr sie mir mit roten Wangen und leuchtenden Augen gefiel. Und wenn sie sich von ein paar Fotos verleiten ließ, eine Reise zu buchen, hatten meine Freunde und ich alles richtig gemacht. „Mein Kumpel Wes ist für das Marketing verantwortlich. Er sorgt für die schicken Fotos, die dich angelockt haben. Deswegen hilft er auch manchmal auf der Weihnachtsbaumplantage aus“, gab ich schmunzelnd zu. „Aber wieso sitzt du in Abendgarderobe an der Bar? Das Resort besitzt tolle Restaurants mit einer Auswahl an exquisiten Speisen. Nur du isst die ganze Woche Burger mit Salat?“

„Ich kann ja schlecht jeden Tag Burger mit Pommes essen, dann pass ich in keine Kleider mehr“, scherzte sie, bevor sie mit den Schultern zuckte und ernster anfügte: „Allein fühle ich mich in Restaurants ausgestellt. An der Bar ist es leichter, nicht aufzufallen. Außerdem mag ich Burger wirklich.“

„Hm, darüber habe ich nie nachgedacht. Also dass sich unsere Gäste in den Restaurants unwohl fühlen könnten. Wenn es auch anderen so geht, sollten wir uns schleunigst darum kümmern, eine ausgewogenere Speisekarte in der Bar anzubieten. Gibt es sonst noch etwas, was wir verbessern könnten?“

„Nein, ich wollte auch niemanden kritisieren. Ignorier mich einfach, es ist alles toll. Wirklich."

„Warum sollte ich? Konstruktive Kritik ist wichtig." Und als ob ich sie ignorieren könnte. Weder als Gast und schon gar nicht als Frau. Dass es ihr wirklich unangenehm war, mich oder das Resort zu kritisieren, erkannte ich daran, dass sie ihren Blick überallhin, nur nicht zu mir schwenkte. Aber ich wollte, dass sie mich ansah. Und ich wollte, dass ihr Aufenthalt hier ihr mehr als eine Erinnerung an die Bar und ihr Zimmer bescherte.

„Komm, ich will dir etwas zeigen." Statt dem gut präparierten Fußweg zu folgen, ergriff ich Dannys Hand und zog sie Richtung Süden in den Wald. Er war an dieser Stelle nicht sehr dicht, sodass ich bereits die kleine Lichtung erkennen konnte, zu der ich wollte.

„Huch, jetzt kommt wohl der Abenteuerteil dran", bemerkte sie und hatte automatisch die Stimme gesenkt.

„Nein, der wäre, im Wald zu übernachten oder eine ausgedehnte Wandertour zu unternehmen."

„Besser mal im Frühling", murmelte sie mehr zu sich selbst. Aber wie wahrscheinlich war es, dass sie das Resort nochmals besuchen würde? Als Anwältin war sie doch genauso eingespannt wie mein Onkel oder ich selbst. Ich hatte die letzten Jahre nie Urlaub gemacht. Ein freier Tag hier oder da oder auch nur ein paar Stunden allein für mich reichten meist aus, um meine Batterien aufzutanken. Aber nur wenn der

Ort so magisch war wie der, zu dem ich jetzt mit Danny wollte.

„Wir müssen leise sein, aber wenn wir Glück haben, sehen wir ein paar Hirsche“, erklärte ich.

„Wirklich?“, flüsterte sie aufgeregt.

„Wirklich.“

Je näher wir dem Waldrand kamen, desto bedachter setzte ich meine Schritte, bis ich ganz stoppte und in die Hocke ging. Danny kauerte sich neben mich und folgte mit dem Kopf meiner ausgestreckten Hand, als ich „Da, siehst du?“ fragte.

„Wow, ist das ein Männchen? Es ist riesig.“

„Ja, wenn wir uns ganz still verhalten, zeigt sich vielleicht noch eines. Sie leben im Rudel.“

„Okay.“

Wir kauerten so dicht nebeneinander, dass sich unsere Knie berührten. Leicht hätte ich den Arm um Danny legen und sie so wärmen können, denn es wurde sehr rasch ganz schön kalt. Sie schien davon nichts mitzubekommen, hielt ihren Mund einen Spalt geöffnet und ihren Blick starr auf den Hirsch gerichtet. In ihren Augen flackerten Unglauben und Demut. Sie war ganz anders, als ich mir eine Großstädterin vorstellte. Ganz anders als die Frauen, die ich bisher getroffen hatte. Keiner in meiner Familie hatte meine Leidenschaft für die Natur jemals so geteilt wie mein Dad mit mir. Onkel Vernon war nie mit mir hierher gefahren, er hatte auch sonst nichts mit mir unternommen, das ich mit meinem Dad getan hatte. Wir waren nie fischen, nie wandern, er schnitzte nicht, und wenn ich ihm keinen Tannenbaum aufdrängen würde, hätte er keinen zu Weihnachten. Er war ganz anders als mein Dad, vom Äußeren und seinen Vorlieben.

Aber er war für mich ohne mit der Wimper zu zucken von San Diego zurück nach Greenlake gezogen. Und geblieben, all die Jahre. Jetzt war er fast siebzig und brach seine Zelte ab. Es passte mir nicht, ich konnte nicht gut mit Veränderungen umgehen, die ich nicht selbst herbeiführte. Andererseits wollte ich ihn auch nicht aufhalten, sein Leben zu leben. Ich sollte mich nicht einmischen, denn umgekehrt mochte ich es auch nicht.

„Da, sieh mal", wisperte Danny aufgeregt und stupste mich in die Seite.

Mein Herz schlug automatisch schneller, als ich die Handvoll kleinerer Hirsche entdeckte, die sich aus dem Gebüsch trauten.

„Das ist so toll. Danke, dass du mit mir hergekommen bist." Wir waren uns auf einmal so nahe, dass ich glaubte, ihren Atem auf meinem Gesicht zu spüren. Einen Moment dachte ich, sie wollte mich küssen. Doch dann wanderte Dannys Aufmerksamkeit zurück zur Aussicht und ihr Lächeln wich einem Strahlen. Sie war glücklich. Aber ich noch nicht fertig.

„Komm, gehen wir zurück. Ich möchte dir noch etwas anderes zeigen." Geduckt trat ich den Rückweg an, setzte jeden Schritt bedacht, um die Hirsche nicht aufzuschrecken. Danny folgte mir. Zurück auf dem offiziellen Fußweg schien sie kaum stillstehen zu können.

„Das war so toll, ich kann gar nicht glauben, wie nahe wir den Hirschen waren. Was kommt jetzt?"

„Ein kleiner Aufstieg und dann die nächste Überraschung."

„Gut, also los, ich bin gespannt."

Wir liefen schweigend nebeneinanderher und es fühlte sich nicht einmal komisch an. Worte waren einfach unnötig und Danny schien es auch so zu gehen.

„Hier ist es so friedlich. Ich versuche das Gefühl abzuspeichern, um es in hektischen Momenten wieder hervorzuholen. Allerdings ist dein ‚kleiner' Aufstieg leicht untertrieben. Puh", bemerkte sie nach einer Weile. Sie schien etwas außer Atem zu sein.

„Ich freue mich, dass es dir hier so gut gefällt. Was machst du denn sonst so, um dich fit zu halten? Mit Gummistiefeln durch die City laufen?", zog ich sie auf.

„Aber nein, wusstest du nicht, dass Seattle mal zur zweitgesündesten Stadt des Landes erkoren wurde?"

„Nein, erzähl."

„Nun, das liegt zum Beispiel an den vielen Restaurants, die Bio-Produkte verarbeiten. Außerdem gibt es auch viele Frischmärkte und was Freizeitangebote angeht, ist Wandern sehr beliebt und Yoga natürlich."

„Natürlich."

„Machst du dich über mich lustig?"

„Nein. Absolut nicht. Aber ich muss zugeben, dass Yoga nicht gerade meins ist."

„Ja, meins auch nicht. Und ich muss zugeben, dass ich durch meine Arbeit und meine Beziehung etwas bequem geworden bin. Wir sind in den letzten Jahren nicht viel wandern gegangen, außer der Weg zum Coffeeshop zählt auch. Aber …" Sie blieb stehen und hob sogar einen Finger, um dem Folgenden mehr Nachdruck zu verleihen: „Als ich frisch nach Seattle gezogen bin, war ich sehr gerne im Seilpark."

„Weil du wie beim Surfen im Moment bleiben musst, sonst fällst du runter?"

„Genau. Es gibt nichts Besseres, um mich zu erden."

„Dann wird dir Ski fahren ebenfalls gefallen." Wir nahmen den Weg wieder auf.

„Kann schon sein, nur reise ich morgen ab, schon vergessen? Vielleicht das nächste Mal."

Dieses Mal hörte ich das Bedauern sehr deutlich. „Siehst du die Aussichtsplattform? Sie ist unser Ziel. Früher stand hier ein simpler Hochsitz für Jäger. Da er nicht mehr gebraucht wurde, habe ich ihn entfernen und die Plattform bauen lassen."

„Toll. Wenn du mal in Seattle bist, revanchiere ich mich mit einem Besuch auf der *Space Needle*. Bei guter Sicht können wir über die Bucht sehen und bis nach Downtown und die Olympischen Berge."

„Regnet es nicht dreihundert Tage in Seattle?"

„Habe ich nicht gerade gesagt, du sollst dir einen Tag mit gutem Wetter aussuchen?"

„Ja, Ma'am." Wir lachten beide auf, und ich wünschte, ich würde Danny wirklich besuchen. In Wahrheit ging auch bei mir die Wahrscheinlichkeit gegen null.

Als wir an der Plattform, auf der zehn Besucher bequem Platz fanden, ankamen, waren wir auch hier die einzigen. Doch es war mir ganz recht, schließlich sollte ich bald meine Idee mit der Fake-Beziehung ansprechen.

„Nach dir."

„Damit du mir auf den Hintern starren kannst?"

„Damit ich dich auffangen kann, wenn du abrutschst."

„Gute Ausrede." Amüsiert erklomm sie die Leiter. „Wow, das ist ja mal ein toller Ausblick."

„Freut mich." Die Plattform war aus Holz, überdacht und mit einem komplett umschlossenen Geländer versehen. Ich stellte mich neben Danny und versuchte mich in sie hineinzuversetzen. Sie sah zum ersten Mal über die Baumwipfel bis zum nächsten Bergkamm, die schneebedeckten Gipfel und die Weite des Tales. Es war imposant, und wieder mal wurde mir bewusst, wie klein und unbedeutend ich im Vergleich zur Natur war. Nur waren meine Probleme deswegen nicht unwichtig, also fasste ich mir ein Herz. Jetzt oder nie.

„Gibt es eine Möglichkeit, dass du länger bleibst? Oder ist es üblich, dass du im Urlaub arbeitest?"

„Ich soll länger bleiben? Wieso?"

„Wir könnten zusammen Ski fahren, du richtig Urlaub machen ohne Laptop und deine Arbeit."

Sie zog ihre Augenbrauen hoch, bevor sie mit den Schultern zuckte. „Weiß nicht, ich habe mir gar keine Gedanken darüber gemacht."

„Würdest du denn gerne länger bleiben? Falls es dein Chef erlaubt?" War gar nicht so leicht, mit der Sprache herauszurücken, ohne zu riskieren, dass ich wie ein Verrückter klang. Also langsam weiter vortasten.

„Ihr seid doch sowieso ausgebucht. Also stellt sich die Frage gar nicht." Für Danny schien das Thema beendet, denn sie lief einmal im Kreis, sah sich jede Himmelsrichtung genau an. Am Ende schoss sie mit ihrem Handy nur ein einziges Bild, was mir gefiel, denn sie hatte es bewusst gemacht.

„Ich hätte eine Lösung für dein Problem, was die Unterkunft angeht." Absichtlich blieb ich etwas weiter von Danny entfernt stehen. Sie sollte sich nicht bedrängt fühlen. „Zudem habe ich mir überlegt, dass ich dir mit der Hochzeit von deiner Großtante helfen kann. Als dein Plus eins."

Ihre Augen wurden groß, bevor sie einen Schritt auf mich zukam, doch dann wieder stehen blieb. Ihre anfängliche Erleichterung war in Misstrauen geschwenkt. Die gekrauste Stirn und die überkreuzten Arme hätten es nicht deutlicher zeigen können. „Wieso würdest du das tun? Und was willst du als Gegenleistung dafür?" Und jetzt wich sie auch noch einen Schritt zurück. Lief ja großartig.

„Dass du mich zur Weihnachtsfeier meiner Familie begleitest. Am fünfundzwanzigsten. Als meine Fake-Freundin. Im Gegenzug begleite ich dich zu deiner Feier. Uns wäre beiden gedient, eine Win-win-Situation", erklärte ich sachlich.

„Ich soll deine Fake-Freundin spielen? Ja, klar, guter Witz." Sie wandte sich ab, um die Plattform zu verlassen.

„Warte." In wenigen Schritten war ich bei ihr, hielt sie sanft am Jackenärmel zurück. „Warum nicht? Würde es nicht dein Problem lösen?"

„Natürlich. Aber die Hochzeit von Großtante Mabel ist nicht annähernd so intim wie eine Weihnachtsfeier mit deiner Familie. Keiner würde uns abkaufen, dass wir ein Paar wären. Außerdem, wieso hast du es nötig, deine Familie zu belügen?"

„Und du? Du hast doch dasselbe vor."

„Ach Quatsch. Es ist überhaupt nicht dasselbe. Meine Eltern mischen sich zum Beispiel überhaupt nicht in mein Privatleben ein. Ihnen ist es total egal, ob ich in Begleitung komme oder nicht. Bei Großtante Mabel sieht es anders aus. Sie möchte alle verliebt sehen. Ihre Mittel sind etwas gewöhnungsbedürftig, aber ich kann keine achtzigjährige Frau ändern. Also handle ich aus reinem Selbstschutz, wenn ich jemanden mitbringe. Und was das Lügen angeht, Mabel ist es Wurst, ob ich den Mann später heirate oder nicht, so weit geht sie dann doch nicht." Danny war mit ihrer Erklärung fertig und eilte die Leiter hinab.

Nach wenigen Metern hatte ich sie eingeholt.

„Warte."

„Worauf?" Sie würdigte mich keines Blickes, als sie den direktesten Weg zurück zum Resort einschlug.

„Ich habe kein Interesse an einer Beziehung. Meine Familie sieht es anders. Mit ihnen zu reden, bringt nichts. Ich habe es versucht. Mehrfach. Somit zwingen sie mich ja quasi, zu anderen Mitteln zu greifen."

Sie sah mich von der Seite aus an. „Das ist absoluter Blödsinn, das ist dir schon klar, oder?" Ihr verkniffener Mund unterstrich ihren Unmut. Damit meinte Danny wohl meine Schlussfolgerung, den Rest konnte sie hoffentlich nachvollziehen … Fuck, so kam ich nicht weiter, was bedeutete, ich musste einen Seelenstriptease hinlegen. Mich schüttelte es, bevor ich überhaupt angefangen hatte. *Also gut, gleich ist es vorbei, Augen zu und durch.*

„Meine Eltern sind gestorben, als ich acht war. Mein Dad war mein Held. Es hat mich ziemlich mitgenommen, dass er plötzlich weg war. Von einem Moment auf den anderen." Tief atmete ich durch, während Danny langsamer wurde. Froh, dass sie nicht stehen blieb, fuhr ich fort: „Seit Jahren liegt mir meine älteste Schwester in den Ohren, dass ich mich abkapsele, Bindungsängste hätte, keinen an mich heranlasse. Sie hat recht", gab ich zu. *Gleich hast du es geschafft. Dabei einfach einen Schritt vor den anderen setzen und weiterreden nicht vergessen.* „Meine

Eltern wollten ein Resort kaufen, als sie den Autounfall hatten. Darum habe ich ihren Traum vor drei Jahren mit meinen besten Freunden realisiert. Mein Dad hat mir das Schnitzen beigebracht, mit ihm bin ich in den Wald gefahren und Weihnachten gehörte uns. Wir haben den Baum zusammen geholt und das Haus geschmückt. Ich bin ein Nachzügler gewesen. Valerie ist zehn Jahre älter, Fiona sieben. Mein Dad war mein Held", wiederholte ich. Meine Stimme brach, aber ich zwang mich, auch den Rest auszusprechen: „Ich kann nicht aus meiner Haut, mich nicht auf eine richtige Beziehung einlassen. Nicht noch einmal riskieren, dass …" Ich biss mir auf die Zunge. Auszusprechen, dass ich nochmals geliebte Menschen viel zu früh verlieren könnte, schaffte ich nicht. „Du würdest mir wirklich einen sehr großen Gefallen tun", presste ich hervor, als mich die alten Erinnerungen einholten. Ich sprach nicht darüber, wie ich mich damals gefühlt hatte. Dass ich selbst hatte tot sein wollen und jeden Abend gehofft hatte, über Nacht zu sterben. Es hatte natürlich nicht geklappt. Danach war ich so wütend auf meine Eltern gewesen, dass sie mich allein gelassen hatten. Und am Ende hatte ich mich für meine Gefühle geschämt. Es hatte keine Rolle gespielt, dass meine Großeltern oder Onkel Vernon immer für mich da gewesen waren, Valerie sogar ihr Studium unterbrochen hatte. Ich hatte keinen von ihnen sehen wollen. Keiner von ihnen konnte unsere Eltern ersetzen. Und ich wollte es auch gar nicht. Aber am wenigsten wollte ich sie jemals vergessen.

Der Schweiß lief mir üben den Rücken, am liebsten wäre ich zum Resort zurückgerannt und immer weiter. Bis der Druck in meiner Brust nachgab. Erst jetzt bemerkte ich, dass ich dieses Mal am Ärmel meiner Jacke zurückgehalten wurde. Als ich stehen blieb, stellte sich Danny vor mich und umarmte mich so stark wie damals Onkel Vernon. Automatisch versteifte ich mich und erwiderte es nicht.

„Tut mir leid, ich hätte nicht …" Verlegen ließ sie mich los. „Ich wollte nicht … also Worte schienen mir gerade nicht zu genügen." Sie sah auf den Boden, bevor sie ihren Blick hob und meinte: „Aber lass mich raten, du bist nicht der Typ, der sich gerne anfassen lässt."

Ich schüttelte den Kopf, meinte damit noch etwas ganz anderes. „Ich hätte nicht … Mir tut es leid. Vergiss einfach, was ich alles gesagt habe. Komm, gehen wir zurück, es wird kalt."

„Tja, ich kann es leider nicht vergessen. Und um nochmals auf den logistischen Teil zurückzukommen: Ihr seid ausgebucht", bemerkte Danny. „Selbst wenn ich wollte, könnte ich nicht länger bleiben."

„Du kannst bei mir wohnen. Mein Haus besitzt mehrere Gästezimmer." Mein Tonfall war merklich abgekühlt, das lag nicht an Danny, sondern an mir. Alles hatte mit mir zu tun. Und Danny bekam gerade mit, wie ich äußerlich immer mehr zum Eiszapfen wurde, während es in mir brodelte. Je kälter und arroganter ich rüberkam, desto mehr Mühe hatte ich, meine Gefühle unter Kontrolle zu halten.

„Klingt unschlagbar, da kann ich ja kaum Nein sagen. Aber wenn du nicht noch einen persönlichen Küchenchef und ein kostenloses Wellnessangebot drauflegst, muss ich leider passen."

„Ich habe schon verstanden, dass du nicht willst, also lass es gut sein", fuhr ich sie an.

„Das habe ich gar nicht gesagt. Jetzt bleib schon stehen. Bitte."

Ich tat ihr den Gefallen, blickte jedoch stur nach vorn und presste auch meinen Kiefer zusammen. Besser, ich hielt ab jetzt einfach den Mund. Aber der Druck in meiner Brust wuchs und wuchs. Fuck, gleich würde ich explodieren. Es war alles bestens gewesen, bis Valerie sich wieder in mein Leben eingemischt hatte. Doch es war nicht ihre Schuld … Alles hatte mit mir zu tun, nur konnte ich nicht aus meiner Haut.

„Ich habe in Seattle keinen Job mehr."

Irritiert blickte ich zu Danny.

„Ja, du hast richtig gehört. Als mein Freund mir von heute auf morgen eröffnet hat, dass er nach New York zieht, war für meine Eltern klar, dass ich zurück nach L. A. komme. Mein Dad besitzt eine eigene Kanzlei, meine Mom arbeitet für die Konkurrenz, belebt offenbar ihre Beziehung. Egal, die Wahrheit ist, ich will nicht für Dad arbeiten. Ich will nicht mal zurück nach L. A. Sie erwarten mich allerdings spätestens im neuen Jahr. Bis dahin habe ich weder einen Job noch eine Wohnung."

„Also lebst du gar nicht mehr in Seattle? Warum hast du gelogen?"

Sie errötete. „Ich habe nur ein bisschen gelogen, meine Sachen sind noch alle dort. Eingelagert. Die Wohnung ist zum Ende des Jahres gekündigt, aber ich halte es in Seattle nicht mehr aus. Ich habe die letzte Woche nicht gearbeitet, sondern mir Stellenbeschreibungen angesehen. Sogar meine Bewerbungsunterlagen zusammengestellt. Nur abgeschickt habe ich keine, weil ich wie erwähnt nicht nach L. A. will. Niemand weiß das, auch Amy nicht. Ich hatte keine Gelegenheit, ihr zu erzählen, was die letzten Wochen alles los war. Sie ist meine beste Freundin, ich will mir gar nicht vorstellen, wie enttäuscht sie von mir sein wird." Danny ließ den Kopf hängen, als wir weiterspazierten.

„Amy ist nicht übergriffig", fuhr sie seufzend fort. „Gar nicht. Aber ich kam bei unserem letzten Telefonat nicht zu Wort, habe es auch gar nicht ernsthaft versucht. Sie hat genug um die Ohren, und ich muss selbst herausfinden, was ich will. Alles Ausreden, ich weiß."

Ich betrachtete sie von der Seite. Der Druck in meiner Brust ließ langsam nach, und ich war froh, dass wir nicht mehr über mein Privatleben sprachen, sondern über ihres. „Du wolltest sie ja nicht verletzen. Sowieso wirst du ihr bald reinen Wein einschenken, oder?"

„Ja, natürlich, ich kann gar nicht anders. Und dann auch gleich zu Kreuze kriechen. Wie sie allerdings darauf reagiert, dass ich ein paar Tage länger bleibe, weil wir uns näher kennenlernen, um glaubhafte Fake-Freunde zu werden, weiß ich nicht. Auf keinen Fall werde ich Amy diesbezüglich anlügen. Ist das ein Problem? Keine Angst, ich erzähle ihr nichts Persönliches von dir."

Ich hielt verblüfft inne. „Du willst meine Fake-Freundin spielen?" Hatte ich richtig verstanden?

„Und du meinen Fake-Freund." Sie hielt mir ihre Hand zum Einschlagen hin.

„Bist du dir sicher?"

„Willst du mir deinen eigenen Vorschlag ausreden? Wir machen es. Und du kannst auch einen deiner Kumpel einweihen, wenn du möchtest."

Ein Gewicht fiel mir von den Schultern. „Okay. Danke." Ich schlug ein. „Amy wird eingeweiht, wenn ich es nicht vermeiden kann, auch einer meiner Kumpel. Wes sehe ich ständig im Büro. Aber alles Persönliche bleibt zwischen uns." Dieses Mal hätte ich gerne Danny umarmt. Sie wusste gar nicht, wie groß der Gefallen wirklich war, den sie mir damit tat.

KAPITEL 4

DANIELLE

Am nächsten Tag konnte ich nicht glauben, dass ich Cals Idee zugestimmt hatte. Sie war so verrückt, denn wie wir glaubhaft ein Paar spielen sollten, war mir ein Rätsel. Zumal sich seine Familie kaum so leicht würde täuschen lassen wie Großtante Mabel. Ein paar zärtliche Gesten würden reichen, dass sie ihre Aufmerksamkeit wieder den zweihundert anderen Gästen widmete. Sowieso hatte ich ihre Einladung längst inklusive eines Plus eins akzeptiert. Selbst wenn sie von Quinns und meiner Trennung erfahren hätte, würde sie mich nicht anrufen und ausfragen, solange ich nicht allein auf der Hochzeit erschien. Somit war mein Problem wirklich viel leichter zu lösen als Cals.

Bevor ich mir den halben Morgen den Kopf zerbrach, duschte ich rasch, schlüpfte in bequeme Kleidung und ging frühstücken. Wie immer setzte ich mich mit meinem Teller mit Rührei und Toast an einen Tisch für zwei Personen. Es gab nicht viele Gäste, die, so wie ich, ständig allein aßen.

Statt wie sonst üblich auf meinem Handy die neuesten Nachrichten durchzugehen, nahm ich mir heute Zeit, mich etwas umzusehen. Der Geräuschpegel war hoch, die Gäste gut gelaunt, die Kinder voller Vorfreude auf einen Tag im Schnee. Heute war der Himmel bedeckt, vielleicht hatte ich wirklich das Glück, dass es bald schneien würde. Im Hintergrund dudelte leise Weihnachtsmusik, der Raum selbst war genau wie das Hotel mit Weihnachtskugeln und Girlanden geschmückt worden. Auf jedem Tisch lag zudem ein Tannenzweig mit einer geschnitzten Figur. Cals Figur, wie ich jetzt wusste. Ich hatte heute einen Schwarzbären erwischt. Er war winzig, so groß wie mein kleiner Finger. Ob Cal mir beibringen könnte zu schnitzen? Das wäre ja was.

Aber auch sonst fiel mir überall im Resort Cals Handschrift auf. Jeden der geschmückten Tannenbäume in den öffentlichen Räumen und sogar den auf dem Vorplatz hatte er gezüchtet. Dazu kümmerte er sich um die Finanzen des Resorts, und offenbar machte er sich auch Gedanken um die Speisepläne. Er lebte für *Winter Dream*. Alles im Andenken an seine Eltern?

Das war bewundernswert, schön und traurig zugleich. Zu gerne hätte ich gewusst, was Cals eigene Träume gewesen waren. Leider war diese Frage zu intim und ging mich überhaupt nichts an. Ich war nicht hier, um seine Lebensziele zu kritisieren, und was er hier mit seinen Freunden erschaffen hatte, war eine unglaubliche Leistung und verdiente meinen größten Respekt.

Unweigerlich begann ich, meine eigene Lebensbilanz zu ziehen. Fünf Jahre hatte ich in derselben Kanzlei gearbeitet, eine Beförderung erhalten, war aber noch weit davon entfernt, Partner zu werden. Was sich durch meine Kündigung sowieso erübrigt hatte. Im Gegensatz zu Quinn war es auch nie mein Ziel gewesen. Ich war aus anderen Gründen Anwältin geworden: um zu helfen. Und somit spielte es keine Rolle, dass ich in einer neuen Kanzlei von vorn anfing, ich musste nur noch herausfinden, für welche ich arbeiten wollte. Auf jeden Fall nicht für die meines Dads. Ich setzte mich in kein gemachtes Nest, das wusste er eigentlich.

Doch ich wollte jetzt auch gar nicht darüber nachdenken, stattdessen beendete ich das Frühstück und ging geradewegs zurück zu meinem Zimmer, um meinen Koffer und meine Jacke zu holen. An der Rezeption beglich ich meine Rechnung und gab meinen Zimmerschlüssel ab. Statt das Hotel zu verlassen, folgte ich einem kurzen Gang zu meiner Linken und landete vor einer Tür mit der Aufschrift *privat*. Wie von Cal erklärt, drückte ich sie auf. Dahinter verbarg sich ein geräumiges Vorzimmer mit vier Arbeitsplätzen. Heute war Sonntag, entsprechend war keiner besetzt. Jeder Platz gehörte zu einer weiteren Tür, die mit einem goldenen Namensschild versehen war. Ich stellte meinen Koffer und meine Tasche neben dem nächsten Tisch ab und siehe da, auf der Tür dahinter stand *Calvin Meyers, CFO Winter Dream Resort.* Na bitte, schon gefunden.

Nachdem ich geklopft hatte, dauerte es nicht lange, bis die Tür geöffnet wurde. Mir blieb der Mund offen stehen, denn mein Fake-Freund trug heute ein schwarzes Hemd und eine gleichfarbige feine Hose. Es war nicht zu übersehen, wie gut Cal in Form war, denn sein Hemd spannte über seine Muskeln.

„Genug gestarrt?“ Überheblich hob er eine Augenbraue.

„Und wenn schon, du bist mein ‚Freund‘. Ich kann gaffen, soviel ich will“, konterte ich und ließ meinen Blick betont anzüglich über seinen Körper gleiten.

„Stimmt. Somit gilt dasselbe für mich, Baby.“ Er leckte sich über die Lippen und zwinkerte mir übertrieben zu.

„Baby? O nein, bitte nicht.“

„Schätzchen, Honigbärchen, Liebling, Putzi, Schnucki? Such dir was aus.“

„Gar nichts?“

„Also keinen Kosenamen, werde ich mir merken. Komm, ich zeig dir mein Haus.“ Vom Haken neben der Tür nahm er sich eine gefütterte Jacke, ebenfalls in Schwarz, und zog sie sich gleich über.

„Moment, darf ich mir kurz dein Büro ansehen?“ Bevor er mir antwortete, drückte ich mich an ihm vorbei und erwischte dabei einen Hauch seines Aftershaves. „Wie oft rasierst du dich eigentlich?“

„Einmal am Tag und du?"

„Kaum. Wachs und Laser kann ich empfehlen, wenn du babyglatte Haut haben möchtest." Das waren ja mal intime Fragen so früh am Morgen.

Er lachte. „Nein, danke. Aber du kannst dich nachher ungeniert in meinem Bad umsehen."

„Auch in deinem Schlafzimmer und deinen Schränken?"

„Wenn ich dasselbe bei dir machen darf, immer."

Hm, wollte ich, dass er sich durch meine Spitzenunterwäsche wühlte? Wohl kaum.

„Hast du eine Waschmaschine? Ich habe bis Weihnachten nicht genug frische Kleidung dabei."

„Klar, aber das Resort verfügt auch über einen Wäscheservice und einen Schuhputzdienst. Die kannst du ebenfalls nutzen. Oder in den Boutiquen einkaufen. Alternativ in Greenlake."

Er hatte wohl für alles eine Lösung. Während ich mir sein Büro ansah, stand er lässig an die Wand neben der Tür gelehnt und ließ mich nicht aus den Augen. Meine Haut kribbelte, schon lange hatte ich nicht mehr so im Mittelpunkt für jemanden gestanden. Ich durfte nur nicht vergessen, dass wir kein richtiges Paar waren. Besser, ich beruhigte meinen Puls wieder. Heute reagierte ich wohl besonders stark auf Cal.

Auf jeden Fall passte das Büro zu ihm. Viel dunkles Holz war verarbeitet worden, ein heller Teppich lieferte einen schönen Kontrast zur dunkelgrünen Ledercouch in der Sitzecke. Sehr schick.

Ohne Frage war jedoch der massive Schreibtisch mit zwei Besucherstühlen das Herzstück des Raumes.

„Hast du den Tisch selbst gezimmert?", fragte ich Cal, während ich mit den Fingern über die gemaserte Oberfläche fuhr.

„Ja, schon vor Jahren."

„Ist das Kirschbaum?"

„Nuss."

Er ließ mich den Tisch umrunden und hielt mich auch nicht auf, als ich nach einem der silbernen Bilderrahmen griff. Es war ein Foto von zwei Kindern, einem Jungen und einem Mädchen. Sie trugen Sommerkleider, das Mädchen sogar einen Hut. „Den Jungen habe ich gestern getroffen. Bei den Tannenbäumen."

„Das ist mein Neffe Jackson mit meiner Nichte Chrissy." Cal stieß sich von der Wand ab und gesellte sich zu mir.

„O nein, ausgerechnet ihm habe ich erzählt, dass ich als Kind meine Barbiepuppen als Deko benutzt und an den Haaren aufgehängt habe. Ich habe ihm gesagt, er soll es nicht bei seiner Schwester wiederholen. Hoffentlich hört er auf mich."

Während Cal losprustete, sah ich beschämt zu Boden. Doch sein Lachen war so ansteckend, dass ich bald mit einstimmte.

„Ich werde ein ernstes Wörtchen mit Jackson reden", bot Cal an, nachdem er sich beruhigt hatte. „Komm, lass uns gehen."

Das zweite Foto mit einem kleineren Jungen und

einem Pärchen drauf kommentierte Cal nicht. War er das mit seinen Eltern? Auf jeden Fall schien er nicht darüber reden zu wollen. Nachdem er die Tür hinter uns abgeschlossen hatte, nahm er meinen Koffer. Wir verließen das Hotel durch den Haupteingang. Der Beschilderung für die Gästehäuser folgend umrundeten wir das Haupthaus.

„Wie viele Gästehäuser gibt es?“

„Zweiundzwanzig. Ich würde das Resort gerne ausbauen. Entweder am Haupthaus anbauen oder mehr Gästehäuser errichten.“

„Du willst bereits jetzt das Resort vergrößern? Dann seid ihr ja wirklich sehr erfolgreich. Wie alt bist du eigentlich?“

„Dreißig, wieso?“

„Ganz schön beeindruckend.“

Calvin erklomm einen geräumten Weg, der von geschmückten Tannen gesäumt war. Rechts und links lagen verstreut die Gästehäuser. Calvin ging immer weiter und stieg auch immer höher. „Ist das Blockhaus ganz oben rechts unser Ziel?“

„Genau.“

„Das ist ja riesig!“ Ich zählte drei Stockwerke. „Und mit Terrasse?!“ Der Blick über das Tal war von dort bestimmt genauso spektakulär wie gestern von der Aussichtsplattform.

„Du hast den Whirlpool und die Sauna noch nicht gesehen. Einen Koch habe ich jedoch nicht. Meist esse ich im Hotel.“

„Ich kann kochen. Es macht mir nichts aus. Und

so hätten wir wenigstens die Abende zusammen. So viel Zeit bleibt uns nicht, um uns besser kennenzulernen."

„Falls es dir wirklich nichts ausmachst, ansonsten können wir auch Essen kommen lassen. Wobei es ganz gut wäre zu wissen, ob mir überhaupt schmeckt, was du zubereitest."

„Na hör mal, bis jetzt hat sich keiner beschwert." Empört blieb ich stehen. Cal grinste verschmitzt, stellte meinen Koffer ab, umfasste meine Schultern und drehte mich. Wir waren schnell gestiegen, konnten nun nicht nur über das Dach des Haupthauses blicken, sondern auch dahinter auf die Eisbahn mit den mannshohen Skulpturen. Das Tannenwäldchen lag links von uns, der Parkplatz rechts. Cals Haus lag weit genug von den letzten Gästehäusern entfernt, damit wir unsere Ruhe hätten. „Überwältigend."

„Freut mich. Komm, wir sind gleich da."

Das Haus war in den Hang gebaut worden. Eine Straße führte gegen Westen wohl um die anderen Blockhäuser vorbei zum Parkplatz der Hotelanlage. Die Garage lag neben dem Eingang zum Haus. Durch den terrassenförmigen Bau und die bodentiefen Fenster konnte man mit Sicherheit von jedem Zimmer die fantastische Aussicht genießen.

„Geradeaus liegt der Wohnbereich. Die Schlafzimmer sind im ersten und zweiten Stock. Der Wellnessbereich draußen und den Skiraum findest du neben der Garage“, erklärte Cal, als er die Haustür aufschloss.

Nachdem ich meine Jacke und meine Stiefel in der Diele ausgezogen hatte, durchquerte ich den Wohnbereich. Auch der war sehr männlich in dunklen Farben gehalten, die Teppiche waren ebenfalls hell. Die offene Küche war zudem in einem helleren Grau gehalten und die Gemälde an den Wänden alles Landschaftsaufnahmen. Stylish und heimelig. Es mir auf dem Sofa vor dem Kamin gemütlich zu machen, stand ganz oben auf meiner Wunschliste. „Ich mag deine Kissen und die Decken auf dem Sofa. Schön bunt und kuschelig. Hat dir die deine Schwester geschenkt?“

„Frauenkram. Ja, Valerie“, gab Cal lächelnd zu, als er zu mir trat.

„Verstehst du dich mit beiden Schwestern gleich gut?“

„Nein, Valerie und ich stehen uns näher. Sie war bereits am College, als unsere Eltern verstarben, Fiona fünfzehn und wohl damit genauso überfordert wie ich. Wir haben uns entfremdet, sehen uns nur an Weihnachten.“

„Nun, dann werde ich mich bei Valerie bedanken.“

Wie hart der Verlust für alle gewesen war, konnte ich mir nicht einmal vorstellen. Wenn wir ein echtes Paar wären, hätte ich jetzt wenigstens Cals Hand ergriffen, um ihm zu zeigen, dass ich für ihn da wäre, wenn er über seine Gefühle reden wollte. So ließ ich es bleiben, denn wie sehr ihn das Thema aufwühlte, war gestern deutlich zu sehen gewesen. Jetzt hingegen wirkte er viel ruhiger. Vielleicht weil wir in seinem Zuhause, seinem Wohlfühlort waren.

„Ich habe eine Schwäche für Aussichten, falls du das noch nicht gemerkt hast", bemerkte ich, während ich mir die Nase am Fenster platt drückte.

„Geht mir auch so. Ich mag die Weite. Wohnst du in Seattle also in einem Hochhaus?"

„Habe ich, ja. Einen Katzensprung vom Spheres Tower entfernt und etwa zwanzig Minuten zu Fuß zu meiner alten Arbeitsstelle."

Cal stellte sich neben mich. Er hatte seine Hände in den Hosentaschen vergraben, hielt genug Abstand, dass wir uns nicht berührten. Doch ich roch ihn, den holzigen Duft, der mich an den Wald erinnerte. Innerlich seufzte ich. Er gefiel mir verdammt gut.

„Mittendrin. Du bist ein echtes Stadtgirl. Wo hast du studiert?", fragte er nach und sah mich unverwandt an.

„Berkeley. Du?", stellte ich gleich eine Gegenfrage. „Einmal Montana, immer Montana?", neckte ich ihn.

„Boston. Im Gegensatz zu dir habe ich nicht gleich um die Ecke von meinem Heimatort studiert", zog er mich auf und wackelte dabei mit den Augenbrauen.

„Boston? Wie hast du es dort bloß ausgehalten?"

„Gar nicht. Ich konnte es nicht erwarten, zurückzukommen", gab er unumwunden zu. Sein Blick schweifte zu den Landschaftsaufnahmen. Alle Fotos zeigten Berge oder Wälder, mal einen See.

„Die Aufnahmen sind von dir."

„Ja, sie sind von mir und Montana. Fast alle." Er wirkte nachdenklich, doch dann zierte wieder ein Lächeln seine Lippen. Ich ging sie mir näher ansehen. Sie waren außergewöhnlich und sehr beeindruckend. Ein Foto zeigte einen Skifahrer auf einem sehr, sehr steilen Berghang. Ich betrachtete es genauer. „Bist du das?"

„Ja, das bin ich."

„Ich kann mit Bestimmtheit sagen, dass ich ganz sicher nie mit dir Ski fahren gehe. Niemals."

Er lachte bloß. Als Nächstes ging ich die Fotos auf dem Kaminsims näher betrachten. Es waren fast alle von seiner Nichte oder seinem Neffen, dazwischen dasselbe Foto wie im Büro. „Bist du das?"

„Ja, es war die letzte Aufnahme vor ihrem Tod."

Ein anderes Foto zeigte Cal inmitten von drei Männern in Freizeitkleidung, die in die Kamera grinsten.

„Sind das deine Freunde?"

„Ja, Hudson, Jude und Wes. Hudson gehört die Husky-Zucht, Jude ist unser Ranger und Wes kümmert sich ums Marketing des Resorts. Er bietet mit Hudson auch die Schlittenfahrten für die Touris an."

„Ihr seid alles Naturburschen."

„Das kannst du laut sagen."

Aber ansonsten gab es auch hier keine Bilder seiner Schwestern, Großeltern oder seines Onkels. Warum nicht?

„Komm, ich zeige dir dein Zimmer." Cal holte meinen Koffer und erklomm im Anschluss eine Wendeltreppe in das erste Obergeschoss. „Hier befinden sich drei Gästezimmer. Nach Süden, Osten oder Westen. Du kannst dir eines aussuchen."

„Wo schläfst du?"

„Ganz oben."

„Ich nehme das Zimmer Richtung Westen bitte. Magst du Sonnenaufgänge lieber oder Sonnenuntergänge?"

„Aufgänge", antwortete er wie aus der Pistole geschossen. „Du?"

„Untergänge."

Keine Gemeinsamkeit, aber das machte ja nichts. Mein Zimmer war ein Eckzimmer, von zwei Seiten komplett verglast. Es maß bestimmt dreißig Quadratmeter, besaß dazu ein eigenes Bad mit frei stehender Wanne, eine Regenbrause und sogar einen kleinen Ankleidebereich. Das Zimmer war viel heller als der Wohnbereich, die Farbe Weiß dominierte die Einrichtung. Die Kissen und der Bettüberwurf waren jedoch in einem neutralen hellen Grün gehalten. Alles sah unbenutzt aus.

„Hast du viel Besuch?", fragte ich ihn weiter aus, während ich meinen Koffer direkt zum Ankleidebereich rollte.

„Nein, nur meine Nichte und mein Neffe. Selten übernachten sie auch hier."

„Das Haus ist wundervoll, nur ganz schön groß

für eine Person." Er hatte es bestimmt für eine Familie gebaut.

„Ich mag es geräumig."

Statt auszupacken, wollte ich den Rest des Hauses sehen. Die anderen beiden Gästezimmer waren in Blau und Braun gehalten.

„Jetzt bin ich aber gespannt, wie dein Schlafzimmer aussieht."

„Völlig unspektakulär."

„Das geht gar nicht. Ich habe die Terrasse schon von draußen entdeckt."

Lachend ging Cal vor. Ich mochte es, ihn so losgelöst zu erleben. Als wir oben angekommen waren, blieb mir einen Moment die Spucke weg. Ich glaubte, im Himmel gelandet zu sein. Buchstäblich. Das Terrassengeländer versperrte die Sicht auf das Tal. Vor uns lag der Horizont, über uns der Himmel. Denn nicht nur drei der vier Wände des Raumes waren verglast, nein, auch Teile der Decke. Wie zu erwarten war sein Schlafzimmer in dunklem Holz gehalten. Es war wohl einfach sein Geschmack. Was ich mir nie hätte in der Großstadt vorstellen können, passte hier perfekt. Passte zu Cal.

„Das ist ja wie ein Loft. Nicht einmal das Bad ist abgetrennt."

„Die Toilette ist es und die Dusche. Ansonsten nein, alles offen."

Wie war es wohl, hier aufzuwachen? Und warum überlegte ich jetzt, wie viele Frauen es schon gemacht hatten? Dieser Teil ging mich nichts an. Oder doch? War er als Frauenheld bekannt?

„Von hier geht es durch die Terrassentür direkt zur Sauna und zum Whirlpool." Er deutete nach draußen.

„Und was hat es mit dem Trog daneben auf sich?"

„Darin kannst du Eisbäder nehmen. Falls du es aber nie gemacht hast, fang lieber langsam an und besser ich bin dabei."

„Ich kann mir nicht vorstellen, dass ich das ausprobieren möchte." Gänsehaut erfasste mich beim bloßen Gedanken.

„Du hast ja noch Zeit. So, jetzt sollten wir aber los. Du kannst später auspacken."

„Ach ja? Was hast du geplant?"

„Wir gehen Ski fahren."

Calvin

„Nein, auf keinen Fall." Danny schüttelte vehement den Kopf. Dabei hatte ich ihren sehnsüchtigen Blick vorhin gesehen, als wir den Hang hinaufgestapft waren. Auch schon gestern im Wald.

„Warum nicht? Wovor hast du Angst?"

„Mich zu verletzen, natürlich!“, antwortete sie mit schriller Stimme.

„Ach Quatsch. Wir fahren bloß den Babyhügel hinunter, nichts Wildes. Da kann gar nichts passieren. Erst recht nicht, wenn du als Kind gesurft bist. Dein Gleichgewichtsgefühl verlierst du nicht.“

„Sollte ich mir dann nicht besser ein Snowboard ausleihen? Wobei, da zieht wohl eine Schlechtwetterfront auf, es ist ganz düster.“ Ihre Stirn lag in Falten, als sie nach draußen blickte.

„Ist es nicht, ganz im Gegenteil. Die Fenster besitzen einen integrierten Sonnenschutz. Außerdem ist der Schnee perfekt.“

Komm schon, du willst es doch auch. Dannys Mundwinkel zuckten, so als ob sie sich freuen würde, es aber nicht zugeben wollte. Wenn sie meine richtige Freundin wäre, hätte ich sie geküsst und ihr alles versprochen, was mir einfiel, damit sie mit mir käme. So setzte ich meinen Hundeblick auf und wartete. Doch sie ließ mich zappeln.

„Aus eigener Erfahrung kann ich sagen, dass die heutigen Skier viel mehr Spaß machen als ein Snowboard. Du darfst dir natürlich sehr gerne ein eigenes Bild machen“, bettelte ich noch ein bisschen.

„Also gut, aber wehe, wir machen irgendetwas Verrücktes.“

„Definier Verrücktes.“ Abwehrend hob ich meine Arme, als sie mich halbherzig boxte. „Nein, schon gut, ich passe auf dich auf.“

„Ich passe selbst auf mich auf.“

Ja, geschafft. Sie hatte zugestimmt. „Welche Schuhgröße trägst du?", ging ich gleich zum praktischen Teil über, als wir mein Zimmer verließen.

„Neununddreißig."

„Ich suche dir einen Anfängerski heraus. Wie schwer bist du?"

„Hundertzwanzig Pfund. Wow, betreibst du einen Laden?", fragte sie mich, als wir den Skiraum betraten. Mit großen Augen blieb sie am Eingang des fensterlosen Zimmers stehen, während ich die passenden Skischuhe für sie holen ging. „Nein, aber Ski fahren ist mein Hobby und ich verleihe die Ausrüstung auch an meine Geschwister. Hier noch Socken und ein Overall. Er ist neu."

„Du hast Kleidung für mich gekauft? Wieso? Ich meine, wie konntest du wissen, dass ich mit dir Ski fahren gehe? Erst gestern haben wir abgemacht, dass ich noch bleibe."

„Ich hatte es gehofft."

Ganz erschlagen nahm Danny auf der langen Sitzbank im Raum Platz. „Lass mich die Sachen wenigstens bezahlen."

„Nein, ganz bestimmt nicht. Probiere mal die Skischuhe." Ich kniete mich vor sie, öffnete die Schnallen, soweit es ging, und wartete.

Seufzend gab Danny nach, zog ihre Socken aus und die Skisocken an, bevor sie in den rechten Schuh schlüpfte. Sie trug roten Nagellack. Sehr sexy. Ich wollte Danny noch mal versichern, dass ich auf sie aufpasste, aber da es keine Garantien gab, ließ ich es bleiben. Zudem musste ich ihr zugestehen, dass sie es nicht mögen könnte. Das war in Ordnung, egal, ob ich es mir anders wünschte.

„Zu breit, ich schwimme", bemerkte sie, als ich alle Schnallen geschlossen hatte und sie aufstand. Ihre Füße waren also ziemlich schmal. Auch dafür hatte ich ein Paar. Wie gut, dass ich gestern Abend noch im Skishop vom Hotel gewesen war und mich eingedeckt hatte. Das nächste Paar passte. Sie zog es aus und reichte mir einen der Schuhe.

„Während ich die Bindung einstelle, kannst du dich umziehen. Und falls du noch Thermounterwäsche mithast, umso besser. Falls nicht, ich habe …"

„Nein, Stopp, du kaufst mir keine Unterwäsche. So weit sind wir noch nicht."

„Noch?" Anzüglich wackelte ich mit den Augenbrauen.

„Ich habe welche dabei. Spar dir die Unterwäsche für deine richtige Freundin."

Ich hatte nicht vor, mir eine zuzulegen, doch da Danny bereits im Haus verschwand, blieb mir eine Antwort erspart.

Als ich fertig war, kam sie auch schon zurück.

„Das Rot steht dir."

„Danke", erwiderte sie. „Auf jeden Fall wird man mich so schon von Weitem sehen, sogar wenn ich auf die Nase falle. Das ist ja die Hauptsache."

Ja, das war es. Ihre langen dunkelblonden Haare hatte sie praktischerweise zu einem einfachen Zopf geflochten und ihre Kreolen herausgenommen. Auch der Schlauchschal war eine gute Idee.

„Such dir passende Fingerhandschuhe und einen Helm aus, während ich mich umziehe."

„Gut."

Ich reichte Danny ihre Schuhe, stellte die Ski und Stöcke, die ich ausgesucht hatte, an die Wand neben der Tür und eilte von Vorfreude getrieben zurück in mein Schlafzimmer. Jackson und Chrissy waren die Letzten, denen ich das Skifahren beigebracht hatte. Frisch vom College hatte ich meine Ski-Instruktor-Lizenz gemacht und am Wochenende sogar für eine lokale Skischule gejobbt.

Das war zwar ein paar Jahre her, aber ich brannte darauf, Danny für den Sport zu begeistern. Als Tagesziel setzte ich mir, dass sie wenigstens einmal die gesamte Piste hinunterfuhr. Sie betrug nicht mal eine halbe Meile. Also ohne Probleme auch von einer Anfängerin machbar.

Zurück im Skiraum drehte sich Danny fertig ausgerüstet einmal um sich selbst.

„Sieht gut aus, nur noch eine Kleinigkeit." Ich holte die Stöcke, kontrollierte ihre Länge und wies Danny an, ihre Skischuhe wieder aus- und ihre Stiefel anzuziehen. „Ist im Auto bequemer. Wir können uns vor Ort umziehen."

„Auf jeden Fall bin ich durch das An- und Ausziehen bereits aufgewärmt."

Amüsiert schüttelte ich den Kopf.

„Nein?"

„Nein, ganz sicher nicht. Komm, lass uns fahren."

Dannys Maulen war bestimmt gespielt, denn kaum saßen wir im Auto, wirkte sie äußerst zufrieden. Ihr Lächeln schien wie festgeklebt. Ich erkannte auch den Ausdruck in ihren Augen: Vorfreude. Genau wie bei Chrissy und Jackson, nur konnten sie kaum still sitzen, wenn wir zusammen unterwegs waren.

„Hat dir dein Dad das Skifahren beigebracht?", fragte sie mich unvermittelt.

„Ja, als ich vier war. Ich habe ihn wüst beschimpft, weil wir an einem Karussell immer im Kreis fahren mussten und der Schnee so verdammt rutschig war." Ich konnte mich bloß noch vage daran erinnern. Vielleicht sogar nur, weil er es mir jedes Mal erzählt hat, als wir die Pisten zusammen unsicher gemacht haben. Den Stolz in seinen Augen würde ich aber nie vergessen. Die Wehmut, die mich erfasste, wischte ich weg. Jetzt war nicht die Zeit dafür.

„Unser Ziel ist ein Babyhügel am Eingang zum Skigebiet."

„Werden wir um diese Zeit überhaupt noch einen Parkplatz finden?"

„Das Gebiet ist dank seiner Größe nicht so überlaufen. An der Skischule werden wir bestimmt noch einen freien Platz finden."

„Heute ist Sonntag, ich hätte das genaue Gegenteil behauptet."

Dannys Skepsis war nicht zu überhören, doch das

Glück lag auf unserer Seite, denn ein Parkplatz wurde gerade frei, als wir ankamen.

„Eins zu null für dich", gab sie gleich zu.

„Das ist kein Wettbewerb, bloß ein schöner Tag."

Nachdem wir ausgestiegen waren, holte ich unsere Ausrüstung aus dem Kofferraum.

„Sieht wirklich nicht sehr spektakulär aus." Sie deutete auf das Feld vor uns. Die Skilifte waren Förderbänder, der Boden so flach, dass er eigentlich zum Langlaufen geeignet war.

„Nein, das ist für die Kleinkinder gedacht, wir gehen dorthin." Ich deutete auf den Hügel links von ihr.

„Dort drüben? Nein, der ist viel zu steil!"

„Wir bleiben am Fuß des Hanges, bis du den Dreh raushast."

„Und danach?"

„Fahren wir hoch."

Ich hatte erwartet, dass Danny mich beschimpfen und sich weigern würde mitzukommen. Stattdessen schloss sie ihre Augen, während sich ihre Lippen bewegten, aber kein Ton erklang.

„Was machst du?"

„Beten, was sonst?"

„Es kann gar nichts schiefgehen."

„Oh, ich bete nicht für mich, sondern für dich. Dass ich dich keinen Kopf kürzer machen muss, wenn ich sterbe", ließ sie mich wissen.

„Autsch! Das traf mitten ins Herz." Theatralisch massierte ich mir besagte Stelle.

„Genau, pass gut auf." Um ihren Standpunkt zu verdeutlichen, stupste sie mir mit dem Zeigefinger auf die Brust. Ich ergriff ihre Hand und zog sie dicht an mich. Ein Reflex und nicht, weil ich sie küssen wollte. Aber sie stand jetzt so nah vor mir, dass unsere Lippen nur noch wenige Zentimeter voneinander entfernt lagen. Schon wieder.

„Ich lasse nicht zu, dass dir etwas passiert."

Sie nickte, befeuchtete ihre Lippen und seufzte leise. In meiner Hose wurde es schlagartig eng. Besser, ich brachte etwas Abstand zwischen uns. Während ich Danny losließ, trat sie bereits einen Schritt zurück. „Wir wechseln nur die Schuhe, ziehen die Ski erst am Zielort an. Es ist nicht weit zu laufen, etwa zehn Minuten."

„Unser Aufwärmtraining?"

„Nein, das fängt danach an."

Danielle

Cal zwinkerte mir zu, was seine Bemerkung doppeldeutig wirken ließ. Oder bildete ich mir nur ein, dass es zwischen uns gewaltig knisterte? Vielleicht war es ganz allein mein Problem, dass er mir gefiel, und er konnte sehr wohl unterscheiden, was echt war und was nur unserer Fake-Beziehung diente. Besonders freute es mich, wenn Cal von seinem Dad erzählte. Gestern war es ihm so schwergefallen, heute wirkte er, als ob ihn der Schmerz nicht mehr innerlich zerfressen würde, wenn er von früher sprach.

Nur war das bestimmt nicht mein Verdienst, und schon gar nicht durfte ich in so ein blödes Helfersyndrom reinrutschen. Oder noch schlimmer, mich in Cal verlieben. Wir lernten uns besser kennen, um glaubhaft ein Paar zu spielen. Nicht mehr und nicht weniger. Und offenbar gehörte Ski fahren dazu, also würde ich mich die nächsten Stunden darauf konzentrieren. So weit, so gut, jetzt musste ich nur noch mein flatterndes Herz beruhigen. Aber Cal machte mir auch das nicht leicht, denn er war so verdammt sexy. Seine Skikleidung saß wie angegossen, ich musste aufpassen, ihm nicht dauernd auf den Hintern zu starren. Wenigstens funktionierte mein Mundwerk nach wie vor einwandfrei, jetzt würde sich auch bald herausstellen, wie es mit meiner Geschicklichkeit bestellt war. Ob ich gleich zwei linke Hände und Füße bekäme und meine Hand-Augen-Koordination nicht mehr vorhanden wäre. Am besten versuchte ich mich zu überlisten, indem ich mir einredete, dass Cal ein guter Freund wäre. So wie Amy, nur eben männlich.

„Kann ich dir helfen?“

„Was? Nein, ich bin gleich so weit.“

„Und es wird Spaß machen, glaub mir.“

„Kann schon sein." Endlich hatte ich auch die letzte Schnalle geschlossen und war bereit. Autsch, ja, in den Skischuhen zu laufen, war nicht sonderlich bequem. „Ist das vor uns ausschließlich ein Übungshang oder die Talabfahrt der roten oder schwarzen Piste?"

„Es ist die Talabfahrt einer blauen Piste, aber wie gesagt ist das Skigebiet so weitläufig, dass dieser Teil nicht sehr frequentiert ist. Zudem besitzt der erste Teil einen Tellerlift. Um die gesamte Piste zu fahren, musst du umsteigen. Aber keine Angst, wir fahren erst später hoch."

„Was heißt das?"

„Dass wir am Anfang den Hang bis zu einer Höhe hochlaufen und ihn dann runterfahren. So oft, bis du dich sicher fühlst."

Während Cal fröhlich vor sich hin summte, lief mir der Schweiß aus allen Poren. Die Skier waren ganz schön schwer, und wenn ich mir überlegte, dass ich gleich einen Hang hochlaufen müsste, wurde es nicht besser. Nachdem wir einer schmalen Zufahrtsstraße gefolgt waren, überquerten wir eine Brücke, die über einen kleinen Bach führte. Mehrere Restaurants säumten den Weg am Bach entlang, Cal beachtete sie nicht, ging zügig weiter. Hinter den Häusern erstreckte sich eine Wiese, die so groß wie ein Footballfeld war. Dort befand sich auch eine winzige Hütte und der Einstieg des Skiliftes.

„So, leg mal die Skier ab, jetzt wärmen wir uns auf. Los, mach mir nach."

Cal stellte sich breitbeinig hin und ließ seine Hüften im nächsten Moment kreisen. Danach dehnte er die Oberschenkelinnen- und Außenseiten, die Waden und auch den Oberkörper. Ich kopierte seine Bewegungen, wenn auch mit deutlich weniger Elan. Als er mich antrieb, im Hampelmann zu hüpfen, hatte ich den Verdacht, dass ich mich ohne mein Wissen zu einem Bootcamp angemeldet hatte. Uff.

„Bist du warm?"

„Mir läuft der Schweiß runter, seit wir unsere Skier vom Auto hergeschleppt haben", gestand ich und ließ mich in den Schnee plumpsen. Cal schien nicht einmal außer Atem zu sein.

„Jetzt kommt der spaßige Teil. Siehst du die Tanne, die links aus dem Waldrand ragt? Auf dieser Höhe starten wir. Du kannst entweder im Pflug oder seitwärts hochsteigen." Im Pflug würde ich bereits nach wenigen Metern schlappmachen und seitwärts kam ich nur im Schneckentempo voran. Aber gut, jetzt war ich schon einmal hier. Ich rappelte mich auf und folgte Cal. Nach einer halben Ewigkeit schaffte ich es zum vereinbarten Startpunkt.

„In der ersten Runde fahre ich vor, und wenn ich unten bin, versucht du in meiner Spur nachzufahren. Ich möchte sehen, was du kannst."

Nachdem ich genickt hatte, fuhr Cal gemächlich los, bremste in der Kurve leicht ab, verlagerte das Gewicht auf den Hangski und blickte dabei immer in Richtung Tal. Es sah kinderleicht aus. Das hatte ich auch mit zehn gedacht. Cal war inzwischen angekommen, runter ging es eindeutig viel rascher als hoch.

„Den Blick immer ins Tal! Dann drehen sich deine Hüften von ganz allein! Halte deine Schultern ruhig!“, rief mir Cal zu.

Mein Blick schwenkte automatisch nach oben. Da war kein Rowdy, der mich gleich umfahren würde. Also los. Ich stieß mich ab und fuhr quer zum Hang, wie ging das gleich noch mal? Bremsen? Nein, jetzt stand ich direkt wieder. Ins Tal sehen, genau, das hatte ich glatt vergessen. Ich fühlte mich ganz schön eingerostet. Noch mal von vorn: Blick ins Tal, möglichst nicht zu Cal sehen, Gewicht verlagern, drehen. Ich kam tatsächlich heil und ein bisschen stolz neben Cal zum Stehen.

„Das war schon ganz gut. Noch einmal und locker bleiben.“ Bevor ich richtig durchgeatmet hatte, erklomm er den Berg. „Jetzt fährst du direkt hinter mir. Versuche, immer den gleichen Abstand zu halten“, rief er mir dabei zu.

Klar, gar kein Problem.

Doch Cal war wie das Duracell-Häschen. Einmal angelassen, gab es offenbar keinen Ausschaltknopf. Immer und immer wieder trieb er mich den Hang hoch, bis ich nicht mehr konnte. Abermals ließ ich mich in den Schnee plumpsen.

„Hast du bereits genug?“

„Was heißt denn bereits? Wie lange sind wir schon hier?“

„Eine Weile. Zum Abschluss würde ich gerne mit dir hochfahren."

„Ganz nach oben?"

„Bis zum Ende des Tellerliftes. Wir fahren zusammen hinunter. So wie jetzt. Das hat doch ganz gut geklappt."

Bestimmt sah er mir meine Zweifel an, doch Cal war offenbar auch sehr stur. Oder er erkannte, dass es mich doch ein klein wenig reizte, zu sehen, ob ich es schaffen würde.

„Komm." Er streckte mir die Hand hin, um mir aufzuhelfen, und fuhr dann auch gleich zum Skilift, um dort auf mich zu warten. Die Piste war breit, es gab wirklich kein Gedränge. Also gut. Cal empfing mich erfreut und erklärte mir, was ich zu tun hatte. „Wenn der Tellerbügel kommt, runterziehen und zwischen deinen Oberschenkeln einklemmen." Er ließ mir sogar den Vortritt. „Ich bleibe hinter dir, damit ich dich besser im Blick behalten kann. Wenn du rausfällst, stell dich an den Pistenrand."

„Gut." Aber ich konnte mich daran erinnern, dass rauszufallen kein Spaß war. Jedenfalls auf einer „echten" Piste nicht, denn dort verlief der Lift meist etwas weiter weg und dazwischen lag Tiefschnee. Ein Graus für mich als Anfängerin. Beherzt griff ich nach dem Tellerbügel und begann automatisch flach zu atmen, als mich das Schleppseil mitzog. Immer weiter und immer höher. Meine Hände krampften um den Bügel, besser ich lockerte meine Finger ein wenig. Aber wie lang war die Piste noch mal? Endlich erreichte ich das Ziel, stieg ab und konnte nicht fassen, wie steil es zurück ins Tal ging.

Nie im Leben würde ich das packen. Dabei sah es sogar bei den Kindern so leicht aus. Wie sie in Reih und Glied und ohne Angst dem Lehrer hinterherfuhren, war beneidenswert.

„Denk nicht zu viel nach. Komm, wir fahren gleich los." Nach wenigen Metern, die Cal quer zum Hang zurückgelegt hatte, drehte er sich zu mir. „Bleib dicht hinter mir und mach mir einfach alles nach. Genau so wie schon die letzte Stunde." Er lächelte mir ermunternd zu, was mein Herz hüpfen ließ. *Ich pass auf dich auf.*

Mein Vertrauen in Cal war scheinbar riesengroß. Ich nahm all meinen Mut zusammen und folgte ihm. Und Atmen nicht vergessen. Außer Cal blendete ich alles aus, konzentrierte mich darauf, ihn zu kopieren, und sonst auf nichts. Und es lief gar nicht schlecht. Innerlich klopfte ich mir auf die Schulter, typisch, dass sich meine Skier genau dann verhakten und ich das Gleichgewicht verlor. Statt dass ich stoppte, fuhr ich geradewegs zum Pistenrand und dort mitten in den Tiefschnee.

Na toll! Aber immerhin stand ich noch.

„Nimm meinen Stock, ich zieh dich raus", bot mir Cal sofort an. Doch ich tat etwas anderes. Ich bückte mich, formte mehrere Schneebälle, aber so, dass Cal es nicht sah, drehte mich zu ihm und warf ihm den ersten an die Brust.

„Hey, was soll das?" Belustigt drehte er sich weg,

da traf ich ihn am Rücken und der letzte Ball landete auf seinem Po.

„Drei Treffer! Ja! Wollen wir nicht lieber eine Schneeballschlacht machen?“

„Nein, ich habe andere Pläne.“ Grinsend klopfte er den Schnee von seiner Kleidung, bevor er mir noch einmal seinen Stock reichte.

„Was denn für welche?“

„Das erzähle ich dir, wenn wir unten sind.“

Auch mit Cals Hilfe konnte ich mich nicht befreien. „Wenn es einfacher geht, zieh die Skier aus.“

„Nein, ich schaffe das schon. Irgendwie.“ Oder auch nicht, was so lächerlich war, ich stand ja nicht einmal weit von der Piste entfernt. Also nochmals und tatsächlich bewegte ich mich Zentimeter für Zentimeter aus dem Schnee.

„Hier, nimm meine Hand! Gleich hast du es.“

Leider hatte ich mich zu früh gefreut, denn plötzlich rief jemand:

„Wohooo!“

„Ich krieg dich! Warte! Gleich hab ich dich!“

Ich erschrak mich derart über zwei Skifahrer, die dicht neben mir den Hang hinunterbretterten, dass ich das Gleichgewicht verlor und hinfiel. Cal riss ich dabei mit und er fiel prompt auf mich. Hoppla!

„Hast du dir wehgetan?“, fragte er mich mit besorgter Stimme, während er sich von mir rollte, seine Skier auszog und mir seine Hand hinhielt, um mir aufzuhelfen.

„Nein, noch alles dran. Besser, ich ziehe meine Ski

auch aus, den Rest kann ich laufen.“ Mir saß der Schreck in den Gliedern, und auf keinen Fall wollte ich auf den letzten Metern noch etwas riskieren. „Also falls du allein fahren willst, ist das schon okay.“

„Nein, natürlich nicht. Wir bleiben zusammen. Übrigens, du hast dich gut geschlagen, viel besser, als du denkst.“

„Danke.“ Wärme durchflutete mich, denn er schien es ernst zu meinen. Als ich zu ihm sah, warf er mir einen aufmunternden Blick zu. Und es war sehr nett, dass er bei mir blieb.

„Bist du sicher, dass du bereits genug hast?“, fragte er plötzlich.

„Definitiv.“

„Nur vom Skifahren oder vom Schnee generell?“

„Für heute vom Skifahren. Für eine Schneeballschlacht bin ich aber noch zu haben.“

„Ich habe etwas viel Besseres geplant.“ Er sah dabei richtig glücklich aus, seine dunklen Augen blitzten regelrecht.

„Ach ja, was denn?“ Mir wurde bereits etwas mulmig.

„Eine Überraschung.“

„Und sie wird mir gefallen?“

„Ich hoffe es.“

Ja, ich auch.

Zurück in Cals Haus bereitete er ein paar belegte Brote zu, während ich duschte und mir nochmals warme Kleidung anzog. Offenbar mussten wir uns ranhalten, wenn wir es rechtzeitig zum Bus schaffen wollten, der uns zu einer Skihütte fuhr.

„Gehen wir Sterne gucken?", fragte ich erfreut, während ich mein Schinken-Tomaten-Sandwich so rasch verputzte, als ob ich eine Woche nichts zu essen bekommen hätte.

„Auch, wenn die Nacht klar wird." Cal wirkte zehn Jahre jünger, wenn er sich auf etwas freute. Den Look verstärkten Cals Haare, die ihm in Wellen in die Stirn fielen. Nicht zum ersten Mal wollte ich meine Hände darin vergraben. Wie häufig ich heute daran gedacht hatte, ihn zu küssen, war ebenfalls schon bedenklich. Ein- oder zweimal hatte ich ihn auch zum Mond schießen können, aber das Gefühl hatte sich schnell verflüchtigt.

„Es hat mir heute Spaß gemacht."

„Das freut mich. Danke, dass du es mir erzählst."

„Ich kann nicht nur schimpfen. Was wäre ich denn dann für eine übellaunige Freundin?" Ich zwinkerte ihm zu, während er mir gar nicht mehr zuzuhören schien. Stattdessen streckte er mit konzentrierter Miene seine Hand aus und fuhr mir über den linken Mundwinkel. Seine Berührung war so federleicht, dass ich sie mir auch hätte einbilden können. Schlagartig wurde mir noch wärmer und meine Kehle war bereits trocken. Da war wieder diese Anziehung. Er spürte sie auch, oder?

„Senfsoße." Cal zog seine Hand zurück, räusperte sich, stopfte sich den letzten Bissen seines belegten

Brotes in den Mund und stand bereits auf, um den Tisch abzuräumen. So als ob es ihm peinlich wäre, dass er mich berührt hatte. Da ich ebenfalls fertig war, half ich mit, abzuräumen. Danach musste ich nur noch meine Jacke und meine Stiefel anziehen und es konnte losgehen.

„Du brauchst deinen Helm und Handschuhe. Sind sie inzwischen trocken?"

„Nein, aber fast."

„Gut." Cal packte noch Stirnlampen in einen winzigen Rucksack. Danach eilte er nochmals zurück in die Küche. Was er dort wollte, konnte ich nicht erkennen. Als er zurückkam, drängte er mich zur Tür hinaus. Nachdem er sein Haus abgeschlossen hatte, legte er den Rucksack um. Es war bereits dunkel, als wir zum Resort hinab rannten und es sogar rechtzeitig zum Bus schafften. Meine Vorfreude stieg.

Während ich uns einen Platz suchte, wechselte Cal mit dem Fahrer ein paar Worte. Der Bus füllte sich rasch, und was ich von den Gesprächen der anderen Gäste verstand, gefiel mir sehr. Denn wir fuhren zum Schlittenfahren. Bei Nacht!

„Ist das wirklich wahr?", löcherte ich Cal, als er sich zu mir setzte.

„Ja, entspricht das mehr deinem Geschmack?"

„Ich war noch nie im Dunkeln Schlitten fahren, aber ich habe es als Kind geliebt, auf Sand zu rodeln. Wusstest du, dass in L. A. im Winter, kurz vor Thanksgiving, große Sandhügel an den Stränden aufgestellt werden? Ein ganzer Wall entsteht so. Er bleibt bis im Februar stehen. Ich wäre am liebsten jeden Tag rausgefahren."

„Mit deinen Eltern?"

„Nein, mein Dad schwimmt zwar jeden Tag, aber im Pool und nicht im Meer. Und meine Mom spielt Tennis und beide zusammen Golf. Meist bin ich mit Amy raus, sie hat nicht weit von mir gewohnt."

„Aber an den Strand zu ziehen, ist keine Option? Venice Beach, Santa Monica oder Malibu? In L. A. hast du doch viel Auswahl."

„Das ist das Problem. Ich denke nicht, dass ich nach L. A. zurückziehen möchte."

„Wegen deines Dads?"

„Wir verstehen uns gut, so ist es nicht. Aber für ihn zu arbeiten, bedeutet, mit ihm verglichen zu werden. Er betreut Top-Shot-Künstler in Hollywood. Das ist mir zu viel Drama, ich will das nicht. Doch keiner, der etwas auf sich hält, kommt an *Rawlins Attorneys and Associates* vorbei."

„Deine Mom arbeitet auch nicht für ihn."

„Nein, sie hat sich auf Familienrecht spezialisiert, das finde ich sehr deprimierend. Ich habe das Gefühl, dass in L. A. mehr geschiedene als verheiratete Leute leben. Es täuscht, ich habe nachgelesen, dass bloß etwa zehn Prozent geschieden sind und vierzig Prozent verheiratet, die meisten sind nicht verheiratet und ein kleiner Teil ist verwitwet. Also im Durchschnitt und die Statistik ist auch schon etwas älter."

„Du hast es nachgelesen?", hakte er verdutzt nach.

„Wenn du mit meinen Eltern aufgewachsen wärst, hättest du es auch getan. Mein Dad rühmt sich, dass er die wasserdichtesten Eheverträge aufsetzt, die meine Mom Jahre später auf Schwachstellen durchkämmt. Ich wusste nie, welche Superstars zu ihren Klienten gehören, nur dass sie es genossen, so in Konkurrenz zu stehen. Ich nicht, aber meinen Eltern hat es nicht geschadet, sie sind bereits fünfunddreißig Jahre zusammen."

„Und wenn du für deinen Dad arbeitest, wirst du diese Verträge aufsetzen müssen, die deine Mom später mit Freude auseinandernimmt?"

Statt zu bejahen, stöhnte ich und massierte meine Stirn.

„Also L. A. kommt nicht infrage und Phoenix auch nicht. Dort ist es zu heiß. In New York lebt dein Ex und da willst du sowieso nicht hin."

„Wie gut, dass die USA noch mehr Auswahl besitzt", antwortete ich ratlos. „Ich bin übrigens für alle Vorschläge offen."

„Du hast noch etwas Zeit, denn wir sind angekommen."

Stimmt, der Bus hatte an einer Skihütte gehalten. Als ich ausstieg, erkannte ich Schlitten in Reih und Glied neben einem Zaun.

„Bleiben Sie immer auf dem markierten Weg. Sie können auf den Schlitten liegen oder sitzen, es gilt die Helmpflicht", wies uns ein älterer Mann ein. „Viel Vergnügen. Cal, du fährst mit?"

„Ja, ich bilde das Schlusslicht."

„Gut. Viel Spaß." Er wandte sich bereits ab, sah somit nicht, wie sich die ersten Gäste kopfüber in die Dunkelheit stürzten.

„Dummköpfe." Und an mich gewandt, bemerkte Cal: „Bleib auf dem Rücken, ich bin hinter dir."

„Alles klar." Bevor es losging, befestigte er eine der Stirnlampen an meinem Helm. Dann setzte ich mich hin, stieß mich mit den Fersen ab und sauste den Weg hinab. Nach der ersten Kurve hatte ich den Dreh raus, wie ich mein Gewicht verlagern musste, damit ich nicht zu viel Tempo, aber auch nicht den Halt verlor. Der Weg war breit genug, dass ich mich fast flach hinlegen konnte, und dank des Vollmonds war es so hell, dass ich Hindernisse im Vorfeld gut erkannte. „Wohooo!" Hier musste ich mir nicht verkneifen, loszujauchzen.

„Besser?!", rief mir Cal plötzlich von links zu und fuhr neben mich.

„Viel besser!" Es war perfekt. Cal flitzte lachend an mir vorbei. Er war um einiges schwerer als ich, was ihm mehr Tempo verlieh. Dennoch versuchte ich mich nicht abschütteln zu lassen, und genau wie Cal versprochen hatte, ließ er mich auch hier nicht allein.

Als ich unser Ziel, eine Après-Ski-Bar, die sogar noch geöffnet hatte, wegen der vielen Lichter frühzeitig entdeckte, rief ich Cal zu: „Wer zuerst am Ziel ist!". Gleichzeitig versuchte ich meinen Schlitten zu beschleunigen. Natürlich schlug mich Cal dennoch. Er stieg bereits vom Schlitten, als ich neben ihm zum Stehen kam. Das hätte ich gerne noch mal gemacht,

Cal offenbar auch, denn er hob mich lachend hoch und schwang uns einmal im Kreis. Statt mich wieder abzusetzen, küssten wir uns plötzlich. Keiner hatte es geplant und wir merkten wohl zur selben Zeit, was wir hier taten, denn einen Atemzug verharrten wir in der Bewegung. Doch Cal fühlte sich einfach zu gut an, sodass ich meine Arme um ihn schlang und ihn noch dichter an mich zog. So lebendig hatte ich mich schon lange nicht mehr gefühlt. Sobald das Adrenalin nachließ und die Vernunft sich wieder einschaltete, beendete ich den Kuss.

„Wenn ich gewusst hätte, dass dir Schlitten fahren so gut gefallen würde …" Seine Finger berührten meine Wangen. Unglauben lag in seinem Blick, so als ob er mich erst jetzt zum ersten Mal richtig wahrnehmen würde.

„… hätte ich aufs Skifahren verzichten können?", beendete ich den Satz.

„Nein." Er schüttelte den Kopf. „Ich hätte das Ski- nach dem Schlittenfahren vorgeschlagen, nicht davor."

Er hatte recht, denn jetzt konnte ich tatsächlich nicht ausschließen, dass ich es noch mal probieren wollte.

„Komm, lass uns nach Hause fahren."

Nach Hause …

KAPITEL 5

CALVIN

Ich hatte nicht geplant, Danny zu küssen. Hatte mich einfach von der Euphorie mitreißen lassen, wie Danny wohl auch. Sie so glücklich zu sehen, war mein Plan fürs Skifahren gewesen. Leider hatte sie zu blockiert gewirkt, hatte sich nicht komplett darauf einlassen können. Typisch für das erste Mal. Vielleicht würden wir es irgendwann einmal wiederholen.

Statt wieder auf Abstand zu gehen, als ich die Schlitten abgegeben hatte, half ich Danny, den Helm auszuziehen, und ging mit ihr im Anschluss zum Bus. Er wartete bereits; wer noch in der Bar bleiben wollte, würde mit einem späteren Shuttle abgeholt werden. Es war nicht weit zum Resort. Im Radio trällerte ein Weihnachtssong. Danny hielt auf der Fahrt die Augen geschlossen und lächelte.

„Was magst du für Musik?", fragte sie mich auf einmal und betrachtete mich sehr interessiert.

„Quinn, mein Ex, ist totaler Grunge-Fan. Er hat auch nie ein Geheimnis daraus gemacht, dass er deswegen nach Seattle ziehen wollte. Als wir jünger waren, sind wir jeden Freitagabend durch die Clubs getingelt. Das waren noch Zeiten."

Offenbar schöne Erinnerungen, denn Dannys Stimme klang warm, wenn auch ein wenig ungläubig. „Oh, ich liebe diesen Song."

„Driving Home for Christmas von Chris Rea?"

„Ja, eines der schönsten Weihnachtslieder, wenn du mich fragst", meinte sie und seufzte.

„Du hattest geplant, mit deinem Ex zu tanzen, oder? Darum hast du die vielen Abendkleider mitgebracht. Aber die passen nicht zu Grungemusik."

„Das macht nichts, Quinn würde auch nicht hierher passen, und ich habe die Kleider mitgebracht, obwohl ich allein angereist bin."

„Dass du eine sehr ungewöhnliche Frau bist, ist mir schon aufgefallen."

„Flirtest du mit mir?"

„Klar. Obwohl du schon meine Freundin bist."

„Oder gerade deswegen?" Sie rückte näher. „Wenn wir nicht im Bus sitzen würden, würde ich mitsingen."

„Wenn wir nicht im Bus sitzen würden, würde ich es auch tun. Singst du so falsch wie ich?"

„Bestimmt, aber ich gleiche es mit der Lautstärke aus."

Wir prusteten gleichzeitig los.

„Ich habe zwei Funfacts für dich", nahm ich das Gespräch wieder auf.

„Ach ja, dann bin ich mal gespannt."

„Der Bassist und Songwriter von Pearl Jam ist aus Montana."

„Wirklich? Wow, wir waren bei einem Livekonzert, ich liebe die Songs der Band."

„Auch *Alive*?"

„Natürlich!"

„Funfact zwei: Der Liedtext ist dem Leadsänger beim Surfen in San Diego eingefallen."

„Du verarschst mich. Wobei ..."

„Kommt dir die Story bekannt vor?", fragte ich nach.

„Ich bin nicht sicher. Aber wenn ich deine Funfacts jetzt richtig verstanden habe, bedeutet es, du wirst ein Lied komponieren und ich, während ich in San Diego surfe, den Text dazu entwickeln. Wir werden berühmt", behauptete Danny.

„Wenn wir heiraten, arbeitet dein Dad aber für mich den Ehevertrag aus", zog ich gleich meinen zukünftigen Schwiegervater auf meine Seite.

„Wenn wir uns scheiden lassen, nimmt dich meine Mom in die Mangel", hielt Danny dagegen.

„Besser, ich komponiere keinen Song", resümierte ich.

„Ja, ist wirklich besser", antwortete sie trocken.

Wir prusteten nochmals los. Wenig später fuhren wir am Resort vor.

„Mein Bett ruft meinen Namen, aber besser, ich

packe noch meinen Koffer aus. Kann ich morgen waschen?"

„Ja, ich lege dir die Anleitung raus. Stopp, nicht so schnell", hielt ich Danny auf, als sie den Weg zu meinem Haus einschlug.

„Was ist?"

Statt zu antworten, holte ich einen Brownie und eine Serviette aus meinem Rucksack. „Eine kleine Stärkung vor der letzten Anstrengung." Vorsichtig wickelte ich das Gebäckstück aus der Klarsichtfolie und reichte es Danny auf der Serviette.

„Du hattest Brownies eingepackt? Wow, ich liebe Brownies, fast so sehr wie Marshmallows und Schokorosinen. Meine Nervennahrung. Aber jetzt höre ich besser auf zu plappern. Außer … Danke, das ist … das war der beste Tag."

„Das freut mich."

Langsam schlenderten wir zum Haus. „Willst du abbeißen?", fragte sie mich unterwegs.

„Nein, der ist ganz allein für dich. Ich habe einen zweiten dabei. Falls du noch mehr Zucker für den Aufstieg brauchst."

„Sehr aufmerksam, aber es geht schon."

Unterwegs reichte ich Danny einen Saft, den sie so gierig austrank wie sonst nur mein Neffe. Viel zu rasch erreichten wir mein Haus, gleich würden wir uns für die Nacht verabschieden. Ich hatte schon lange nicht mehr so viel Zeit am Stück mit einer Frau verbracht, und dennoch verspürte ich so etwas wie

Wehmut bei dem Gedanken, den Tag zu beenden und wieder für mich allein zu sein.

„Isst du auch gerne Süßes?“, fragte sie mich.

„Eigentlich schon, nur backe ich selbst nicht, somit habe ich meine Gelüste ganz gut unter Kontrolle.“

„Und meine Schokorosinen sind vor dir sicher?“

Ich zögerte absichtlich lange, doch dann nickte ich. „Ich kann dir ja nicht deine Nervennahrung wegessen. Dann wäre ich ja meines Lebens nicht mehr sicher.“

„Richtig kombiniert.“ Sie seufzte glücklich, sah noch ein letztes Mal zum Sternenhimmel, bevor wir das Haus durch die Garage betraten.

Hier deponierten wir die Helme und Lampen. Auch unsere Handschuhe legten wir zum Trocknen hin und die Stiefel. Wir schienen beide Zeit zu schinden, wollten uns noch nicht für die Nacht verabschieden. Meine Gedanken drifteten immer wieder zu unserem Kuss. Ich wollte ihn wiederholen und dieses Mal richtig. War ich der Einzige, der sich in der Berührung unserer Lippen verlieren wollte und die Welt um uns noch einmal komplett vergessen? Warum ich heute Abend so stark auf Danny reagierte, konnte ich mir nicht erklären. Wir kannten uns kaum, ich hatte sie erst gestern angesprochen. Gestern?

„Also dann, gute Nacht.“ Doch Danny rührte sich nicht, auch nicht, als ich wieder dicht vor sie trat und noch einmal ihre Wange berührte. Sie fühlte sich unter meinen Fingerspitzen so unglaublich zart an. Als Danny die Augen schloss und leise seufzte, beugte ich mich zu ihr. Sanft streifte ich mit meinen Lippen ihre, brachte wieder etwas Abstand zwischen uns und wartete darauf, dass sie die Augen öffnete.

Sie lächelte. Sobald ich den Hunger in ihrem Blick erkannte, zog ich sie an mich. Danny hielt sich ebenso wenig zurück, krallte ihre Finger in mein Haar und küsste mich so leidenschaftlich zurück, dass sie mich komplett unter Strom setzte. Ich konnte mich nicht erinnern, wann mich das letzte Mal eine Frau so schnell um den Verstand gebracht hatte. Ich wollte sie. Alles von ihr. Danny stöhnte ungehemmt, ich hätte sie die ganze Nacht küssen können und dabei herausfinden, welche Geräusche sie sonst noch von sich geben würde. Wenn ich sie seitlich am Hals neckte, ihre Brüste mit meinem Mund verwöhnte oder eine Spur bis zum Bauchnabel küsste und weiter nach unten zu ihrer Mitte. Fuck! Ich konnte kaum an mich halten, nicht hier und jetzt herauszufinden, ob sie so erregt war wie ich.

„Da muss ich rangehen", keuchte sie plötzlich an meinen Mund und vertiefte gleichzeitig unseren Kuss.

„Was?", presste ich hervor.

„Mein ... Handy ... klingelt ... Amy ... dran."

Ihr Handy klingelte, stimmt. Ich stoppte, was mir einen enttäuschten Seufzer einbrachte. „Ja, natürlich. Geh ran." Aber dazu müsste ich sie loslassen und das kam nicht infrage.

Kichernd schälte sich Danny aus meinen Armen und glättete ihre Haare. „Sehe ich vorzeigbar aus?"

„Nein, ganz und gar nicht." Mit dem Daumen fuhr ich über ihre geschwollenen Lippen. Sie trug keinen Lippenstift, ich hatte nur wirklich Mühe, mich von ihr zu trennen.

„Dann versuche ich einen Videoanruf zu vermeiden, dennoch werde ich Amy einiges beichten müssen. Besser, ich bringe es gleich hinter mich."

„Hey, sie wird schon verstehen, was deine Motivation war, sie im Dunkeln zu lassen. Darum ist sie deine beste Freundin, weil sie dich versteht."

„Stimmt, danke." Ein letzter Kuss, danach verließ Danny den Skiraum.

Bevor ich in mein Schlafzimmer ging, um mich umzuziehen, feuerte ich den Kamin im Wohnzimmer an und schaltete das Radio ein. Frank Sinatras Stimme erfüllte den Raum mit *Santa Claus is Coming to Town.*

In meinem Haus gab es nichts Weihnachtliches. Ich hatte es noch nie festlich geschmückt, hörte keine Weihnachtslieder und schon gar nicht buk ich Plätzchen. Doch dieses Jahr war wohl alles anders, denn ich überlegte mir sogar, ob ich morgen einen Weihnachtsbaum holen sollte. Es wäre der allererste in meinem Leben für mich selbst. Vor ein paar Tagen absolut undenkbar, diese Erinnerung gehörte schließlich meinem Dad und mir ganz allein. Aber wenn ich Danny eine Freude mit dem Baum machen könnte, wäre es wohl okay. Schließlich war nichts hiervon echt, alles gespielt und ein geschmückter Baum in wenigen Tagen vertrocknet. Wie leicht es mir doch fiel, mich selbst zu belügen.

Danielle

War das Musik? Aber ja, ich erkannte *Baby, it's cold outside.* Cal musste das Radio eingeschaltet haben. Leise begann ich dazu zu tanzen.

„… gar nicht in Seattle? Was habe ich denn alles verpasst? Sonst telefonieren wir einmal im Monat und nichts ändert sich. Aber jetzt steht dein Leben in wenigen Tagen Kopf? Klär mich auf!" Amys Stimme drang wieder zu mir durch.

„Was? Nein, ich meine …" Tief holte ich Luft. „Also es ist eine etwas längere und komplizierte Geschichte."

„Wirklich? Ja, dann schieß los! Oder soll ich zuerst Popcorn holen?" Amy klang so begeistert, dass ich schmunzeln musste.

„Es ist Sonntagabend, hast du nichts Besseres zu tun, als dir mein langweiliges Leben anzuhören?"

„Sutton ist bei seinen Kumpels Eishockey schauen. Ich habe also viel Zeit."

Ich hatte nicht mal das Licht in meinem Zimmer

angeschaltet, sah mir viel lieber die Lichter des Resorts unter mir an. Die Berge in der Ferne waren dunkler als der Himmel. Ich liebte diese friedliche Stimmung viel zu sehr, vermisste sie bereits, obwohl ich gar nicht abgereist war. „Ich bin noch in Montana. Nachdem wir vorgestern aufgelegt hatten, hat sich mein Problem mit Großtante Mabel in Luft aufgelöst, ist das nicht toll?“ Eigentlich hatte mir Cal erst gestern den Vorschlag gemacht, aber das waren Details.

„Was? Wirklich? Moment, hast du etwa jemanden kennengelernt?“

„Ja, habe ich, aber wie gesagt ist es etwas kompliziert.“ Wie er mich gerade geküsst hatte, hatte mein Blut zum Kochen gebracht. Da war nichts Fake dran gewesen, obwohl ich besser daran tat, mir nicht mehr einzubilden als rohe Lust. Mensch, war mir gerade warm. Mir Luft zuzufächeln brachte leider gar nichts. Hätte ich mir lieber mal den Overall ausgezogen, bevor ich Amys Nummer gewählt hatte. So öffnete ich das Fenster, um mich abzukühlen. „Erinnerst du dich an den dunkelhaarigen Mann, den ich gefilmt habe?“

„Den sexy CFO des Resorts? Klar, den kann man so rasch nicht vergessen.“

„Ja, es ist so, wir haben einen Deal geschlossen. Er kommt mit zur Hochzeit und ich nehme als Gegenleistung als seine Begleitung an der Weihnachtsfeier seiner Familie teil. Darum bin ich auch noch hier, damit wir uns besser kennenlernen, um glaubwürdig zu sein", sprudelte es aus mir hervor.

„Du spielst mit dem heißen CFO, der genau dein Typ ist, eine Fake-Beziehung? Und ihr küsst euch auch, damit es glaubwürdig ist?"

„Nun ja, das haben wir noch nicht besprochen." Aber ja, den Teil mit dem Küssen hatten wir mit Bravour gemeistert, ich war mir sicher, dass wir sehr echt wirkten.

Derweil lachte Amy lauthals los. „Oh, das ist so gut. Ich krieg mich gar nicht mehr ein."

„Warum lachst du denn?" Verärgert schloss ich das Fenster, schaltete das Licht ein und suchte in meiner Handtasche, die ich neben dem Bett gelassen hatte, nach meinen Kopfhörern. Ich wollte mich endlich ausziehen und dazu brauchte ich zwei freie Hände.

„Weil der Kerl auf dich steht. Genauso wie du auf ihn. Nur bist du dir sicher, dass es nicht seine Masche ist?"

Endlich hatte ich die Kopfhörer gefunden und konnte sie einstöpseln. Während ich mir Amys Behauptungen durch den Kopf gehen ließ, schälte ich mich aus dem Overall. Schon besser.

„Nein, es ist alles gespielt."

„Hat er dir erzählt, dass er sich nicht auf Gäste einlässt? Dass er an Bindungsangst leidet und du ihm wirklich helfen würdest, weil er das ewige Piesacken seiner Familie nicht erträgt?"

„Ähm … also, ja, nein, es ist ganz anders."

„Ach, wie denn?“

„Er wird mich sicher nicht verarschen. Zumal ich auch bis zur Weihnachtsfeier bei ihm wohne. Also das wäre ja unglaublich unverfroren, wenn er mich danach hängen lassen würde.“ Wenn er mich ins Bett gekriegt hatte, um genau zu sein. Mist. War es möglich, dass ich mich in Cal getäuscht hatte? Dass ich ihm zu schnell vertraut hatte? Aber dann hätte er mir nicht von seinen Eltern erzählt. Sein Schmerz war nicht gespielt gewesen. Oder doch? O Mann, ich wusste gerade gar nicht mehr, was ich denken sollte. Erschöpft ließ ich mich aufs Bett fallen.

„Du bleibst bis Weihnachten? Das sind ja noch zwei Wochen. Was sagt denn dein Chef?“

„Tja, das ist so, ich habe gekündigt. Noch vor meinem Trip nach Montana. Meine Eltern erwarten mich im neuen Jahr in L. A. Mein Dad will, dass ich für ihn arbeite.“

„Was? Aber warum höre ich denn erst jetzt davon?“

„Es tut mir leid, dass ich Samstag nichts erzählt habe. Ich kann nicht mehr in Seattle bleiben. Als mich mein Chef beim Bewertungsgespräch gefragt hat, wo ich mich in fünf Jahren sehe, wusste ich nicht, was ich antworten sollte. Ich weiß nicht, wo ich mich sehe. Ich weiß im Moment gar nichts. Bloß, dass ich einen Neuanfang möchte. Nicht in L. A., das ist kein Neuanfang, das ist zurück in den sicheren Hafen gehen. Für meinen Dad zu arbeiten, ist wie sein Mini-Me zu werden. Aber wo bleibe ich dabei? Was will denn ich?“

„Ja, was willst du denn?“

„Ich habe keine Ahnung, Amy.“ Verärgert wischte ich mir die Tränen aus dem Gesicht. Ich wollte nicht rumheulen, ich wollte eine Antwort. Leider fand ich keine.

„Du kannst immer zu mir kommen, bis du einen Plan hast. Ich kaufe ein Dutzend Klimageräte für dich und im Winter ist es hier wirklich nicht schlimm. Stell dir L. A. im Frühsommer vor und das Meer liegt nur zweihundert Meilen entfernt. Mexiko ist sehr schön.“

„Danke, ich überlege es mir.“

„Und Kopf hoch, ich bin sicher, dass dir noch einfallen wird, was du machen willst.“

„Danke.“ Nachdenklich zupfte ich an der Bettdecke, ließ den Tag Revue passieren und wie sehr sich Cal bemüht hatte. „Er ist nicht so, wie du beschrieben hast. Cal ist kein Spieler, ganz bestimmt nicht. Er war mit mir heute Ski fahren und nach Sonnenuntergang Schlitten fahren. Es war so normal, so bodenständig. Keine Ahnung, wie ich es beschreiben soll, echt.“

„Ich kenne ihn nicht, ich kann dir bloß raten, aufzupassen. Wir finden für Großtante Mabel auch eine andere Lösung. Ganz bestimmt.“

Aber ich wollte keine andere Lösung.

„Ruf mich an, wenn du reden willst.“

„Mache ich.“

„Versprochen?“

„Ja. Danke, Amy.“

„Immer und jederzeit. Und noch etwas: Bitte verlieb dich nicht. Aber zur Not stehe ich mit einer Familienpackung Schokorosinen und Erdbeer-Karamell-Eiscreme bereit.“

„Danke, du bist die Beste.“

„Gleichfalls, du würdest dasselbe für mich tun.“

„Immer. Und grüß mir Sutton.“

„Mache ich. Schlaf gut. Hab dich lieb.“

„Ich dich auch. Schlaf gut.“

Als wir aufgelegt hatten, blieb ich auf dem Bett liegen. Da hatte ich ja noch einmal Glück gehabt, dass Amy mir nicht die Freundschaft gekündigt hatte. Nur hatte sie in Bezug auf Cal recht? Sollte ich ansprechen, was Amy gesagt hatte? Ja, und dazu gehörten auch die Küsse. Denn ich wusste nicht mehr, was gespielt war und was nicht.

Calvin

Als sich Danny zu mir in die Küche gesellte, sah ich ihr bereits an, dass das Gespräch mit ihrer Cousine einige Fragen aufgeworfen hatte. Sie wirkte distanzierter, und dass sie nicht wie gedacht schlafen gegangen war, sondern mich wohl gesucht hatte, untermauerte meine Vermutung.

„Hast du Hunger? Oder möchtest du was trinken? Einen Tee vielleicht?"

„Ein Wasser reicht, mir ist nicht kalt." Genau wie ich hatte sie sich ein Sweatshirt und eine Jogginghose angezogen. Doch sie hielt ihre Arme um ihren Oberkörper geschlungen, eine klassische beschützende Haltung. Hatte sie Angst, verletzt zu werden? Das war nie meine Absicht gewesen.

„Hast du ihr von uns erzählt?"

„Ja, sie unterstellt dir, dass du mich bloß benutzt und in Wahrheit ein Spieler bist", gab Danny unumwunden zu.

„Und was denkst du?"

Statt mich zu Danny zu setzen, lehnte ich mich an die Küchenabdeckung hinter mir. Ich hatte nichts zu verbergen, was sehr untypisch für mich war, aber bei Danny zutraf. Ob sie bleiben wollte, lag jedoch ganz allein an ihr.

„Ich habe keine Ahnung, was ich denken soll. Du gefällst mir und ich mag dich, nur genauso gut könntest du mich auch anlügen. Was weiß denn ich?"

Dann wurde es Zeit, ihr nochmals klarzumachen, wer ich war. „Ich rede nie über mich, schon gar nicht mit Fremden", begann ich in ruhigem Tonfall. „Ist dir schon mal aufgefallen, wie leicht es ist, das Gespräch komplett auf dein Gegenüber zu lenken? Ein, zwei Fragen und die meisten reden stundenlang über sich selbst." Sie nickte. „Ich lade auch nie jemand Fremdes in mein Haus ein. Nie." Ihre Augen weiteten sich, ja, das hörte sie zum ersten Mal. Danny war eine Ausnahme, die ich zu keiner Sekunde bereute. Ich trat einen Schritt vor, stemmte mich auf die Küchenabdeckung und lehnte mich zu ihr. „Und ich lasse mich nie und unter keinen Umständen auf einen Gast ein. Aber das weißt du längst, denn ich habe es dir erzählt."

Sie hielt meinen Blick.

„Ich gebe zu, ich hätte dich nicht eingeladen, wenn du mir nicht gefallen würdest. Wir brauchen eine gewisse Chemie zwischen uns, wenn wir als Paar glaubwürdig sein wollen. Dass wir uns küssen, habe ich nicht geplant." Oder dass ich mehr wollte. Ich musste nicht mal meine Augen schließen, um mir Danny nackt unter mir vor dem Kamin vorzustellen. Meine Fantasie lief bereits auf Hochtouren.

„Nein, ich auch nicht und ich wollte dich ebenfalls küssen", erwiderte sie unumwunden.

Und mehr? Ich konnte es mir sehr gut vorstellen, so leidenschaftlich, wie sie mich zurückgeküsst hatte.

„Du kannst jederzeit gehen", bot ich ihr dennoch an. Denn nicht ich hatte hier das Sagen, sondern ganz allein sie.

„Für den Moment würde ich gerne bleiben." Ein Lächeln huschte über Dannys Gesicht. Sie war so verdammt hübsch, ganz ohne Make-up erinnerte sie mich noch mehr an ein California Girl. Und offenbar hatte ich eine Schwäche für die. Oder nur für eine ganz bestimmte Frau.

„Das freut mich." Ich wandte mich ab, um Danny ihr Wasser und mir ein Bier zu holen, bevor ich den Tresen umrundete, uns einschenkte und mich neben sie setzte.

„Sag mal, wie kann ich mir sicher sein, dass du deinen Teil der Abmachung einhältst? Bis zum Valentinstag ist es noch lang."

„Ich verspreche es dir. Und Versprechen werden nie gebrochen. Das hat mir mein Dad beigebracht." Nur das eine Mal … Ich schluckte den Schmerz hinunter und streckte Danny die Hand zum Einschlagen hin. Sie ergriff sie.

„Versprochen?"

Ich nickte und ließ ihre Hand erst nach einer Weile los. Ich mochte es, sie zu berühren und ihr dabei tief in die Augen zu sehen. Sie wandte den Blick als Erste ab, räusperte sich leise und sah mich von der Seite mit einem zarten Lächeln an.

„Morgen Abend würde ich gerne kochen. Ich vermisse es. Oder hast du schon etwas vor?"

„Nein, ich bin erst Dienstagabend mit Grandma beim Bridge, am Freitag fahre ich nach Greenlake zu Chrissys Schulaufführung. Ansonsten gehöre ich abends ganz dir."

Es war nicht so anzüglich gemeint, wie es klang. Aber da Danny mir als Antwort zuzwinkerte, war wohl wirklich alles in Ordnung zwischen uns, und ich hatte, zumindest vorläufig, die Bedenken ihrer Cousine zerstreuen können. Jetzt musste ich es nur schaffen, die Anziehung zwischen uns zu ignorieren.

Danny sollte nicht glauben, dass ich ein Spieler sein könnte, der nur auf Sex aus war. Das stimmte nicht. Außerdem waren es bloß zwei Wochen bis zur Weihnachtsfeier, die würde ich Danny widerstehen können. Ganz bestimmt, auch wenn meine Hand von ihrer Berührung immer noch kribbelte.

KAPITEL 6

DANIELLE

Wir hatten nicht über unsere Küsse geredet, und jetzt spukten sie mir im Kopf herum und ließen mich nicht schlafen. Ich war so erregt gewesen wie schon lange nicht mehr. Ging es Cal auch so? So stürmisch, wie er mich geküsst hatte, wohl schon. Aber was jetzt? Ich konnte mir nicht vorstellen, dass zu einer Fake-Beziehung auch ein One-Night-Stand gehörte. Nicht, dass ich überhaupt der Typ dafür war.

Seufzend drehte ich mich auf die Seite, starrte auf die Verdunkelungsvorhänge und überlegte mir, was Cal gerade machte. Schlief er wie ein Stein oder wälzte er sich auch von links nach rechts und zurück? Und trug er Shorts und ein Shirt oder schlief er nackt? Puh, auch diese Frage brachte mich nicht weiter. Vielleicht sollte ich mich daran erinnern, dass alles nur gespielt war, unsere „Beziehung" ein

Ablaufdatum besaß. Es half zwar, wenn wir authentisch wirkten, aber Sex würde alles verkomplizieren.

Aber was, wenn uns keiner glaubte? Wenn seine Oma oder seine Schwestern mit den Fingern auf uns zeigen würden und behaupteten, wir wären eine Mogelpackung? Sollte ich mit Cal darüber reden, wie vehement wir das „Fake“ durchziehen würden? Und würden wir uns vor seiner Familie anfassen oder sogar küssen? Ich hatte keine Ahnung. Und dann stellten sich noch die anderen kleinen, aber wichtigen Fragen rund um Weihnachten. Was sollte ich wem schenken? Wir hatten noch so viel zu bereden. Also holte ich mein Handy hervor, stellte den Wecker auf sieben Uhr, damit ich Cal ganz bestimmt noch vor der Arbeit erwischte, und schlief danach auch endlich ein.

In meinen Träumen jagte mich seine Familie als Hochstaplerin aus der Stadt. Sie warfen mit selbst gestrickten Socken und Lebkuchenherzen nach mir. Ich war so gerädert, als mich mein Handy weckte, dass ich es abschaltete und mich auf die andere Seite drehte.

Es war bereits Mittag, als ich von allein aufwachte. Und zur Krönung des Tages hatte ich mir auch noch einen fiesen Muskelkater und blaue Flecken an meinen inneren Oberschenkeln eingefangen. Tellerlift sei Dank. „Lass dich doch nicht so hängen“, schimpfte ich mit mir selbst, zwang mich aufzustehen, schlurfte gähnend ins Bad und stellte die Dusche eiskalt ein. Ich hielt es fünf Sekunden darunter aus, bevor ich die Temperatur erhöhte. Aber wenigstens war ich wach. Wie gestern entschied ich mich für ein Sweatshirt, Jeans und dicke Socken. Im Haus war es still, Cal war bestimmt seit Stunden weg. Auf dem Küchentresen fand ich jedoch eine Kurzanleitung für die Waschmaschine und eine Nachricht vor. Sie lehnte am Waffeleisen.

> Der Waffelteig ist im Kühlschrank. Honig, Ahornsirup oder was du sonst magst, findest du im Wandschrank, zweite Tür links vom Kühlschrank. Frische Preiselbeeren sind im Gemüse-, Himbeeren im Gefrierfach. Guten Appetit und einen schönen Tag! Cal

Darunter hatte er noch seine Telefonnummer aufgeschrieben. Wow, das war sehr aufmerksam. Und zu meinem Erstaunen waren nicht nur der Kühl-, sondern auch der Vorratsschrank gut gefüllt. Ich dachte, er äße immer im Restaurant oder bestellte sich etwas. Komisch. Auf jeden Fall bestand keine Dringlichkeit, dass ich einkaufen fuhr.

Zuerst kümmerte ich mich besser um meinen knurrenden Magen und danach um die Wäsche. Da Cal bereits den Teig angerührt hatte, mischte ich ihn nur noch einmal mit einem Löffel durch, heizte in der Zwischenzeit das Eisen auf und freute mich auf mein Frühstück. Dazu drapierte ich die fertigen Waffeln mit Honig und Orangenscheiben auf einem großen Teller, schoss ein Foto und schickte es an Cal. So erhielt er gleich auch meine Nummer.

DANNY: Danke! Preiselbeeren sind mir zu sauer.

CAL: Merk ich mir Guten Appetit!

DANNY: Danke!

Mir brannten noch so viele Fragen auf der Zunge, aber bevor wir uns den ganzen Tag hin und her schrieben, legte ich mein Handy weg und frühstückte. Besser, ich brachte alles heute Abend auf den Tisch, bei einem gemütlichen Essen. Italienisch passt wohl immer oder asiatisch? Wie wäre es mit karamellisiertem Hühnchen auf Basmatireis?

DANNY: Hast du Essensallergien? Fischsoße? Sojasoße? Erdnüsse?

CAL: Nein, passt alles.

Sehr schön. Das Hühnchen war ein rasches Gericht, somit würde ich nicht den halben Tag damit verbringen. Ich könnte es mir auf dem Sofa gemütlich machen, aber eigentlich hatte ich auf etwas ganz anderes Lust. Das lag wohl daran, dass mir Chris Reas Song nicht aus dem Kopf ging. Jetzt konnte ich lautstark *Driving home for Christmas* singen, während ich durch Cals großzügigen Wohnraum tanzte. Er war lichtdurchflutet, auch heute war ein wunderschöner, sonniger Tag. Also perfekt, um einen Weihnachtsbaum zu kaufen. Ich wollte es festlich haben. Aber ein Baum war nicht genug, nein, ich wollte ihn schmücken, nicht mit herkömmlichen Kugeln, sondern mit Ingwerplätzchen. Die könnte ich notfalls auch morgen backen oder sogar später in der Woche. Besser, ich kümmerte mich zuerst um den Baum.

Und wenn ich es mir recht überlegte, hätte ich auch Lust, mir Greenlake anzusehen. Ich hatte das Städtchen noch überhaupt nicht besucht. Aber dann ging ich am besten auch gleich die Zutatenliste für meine Plätzchen durch, um einzukaufen, was fehlte.

Wie sich herausstellte, war das eine gute Idee, denn so ziemlich alles dafür fehlte in Cals Haushalt. Ich fand weder Backpulver noch Zimt oder Ingwer, schon gar keine Nelken oder Vanilleextrakt. Dann mal los! Nachdem ich mein benutztes Geschirr in die Spülmaschine gestellt und die Küche aufgeräumt hatte, holte ich meine Dreckwäsche und stellte den Waschgang auf Baumwolle.

DANNY: Kann ich hier irgendwo ein Auto mieten? Ich möchte in die Stadt fahren.

CAL: Nimm den SUV. Die Wagenschlüssel liegen auf der Kommode in der Diele.

DANNY: Oh, danke. Das ist sehr nett.

CAL: Kein Problem.

Nein, offenbar nicht. Er kannte noch nicht mal meine Fahrkünste und vertraute mir seinen Wagen an. Wir gingen sehr vertraut miteinander um, oder lieh Cal sein Auto dauernd aus? Wie auch seine Skiausrüstung? Nun gut, das alles konnte ich ihn ja heute Abend fragen. Voller Vorfreude auf meinen Tag schnappte ich mir meine Tasche und meinen Mantel. Die Wagenschlüssel lagen genau dort, wo Cal es beschrieben hatte, meine Stiefel in Reih und Glied auf der Schuhanrichte im Durchgang zur Garage. Cal war wohl ein Ordnungsfanatiker. Mich störte es nicht, Quinn war genauso gewesen. *Ordnung fördert die Kreativität,* hatte er immer behauptet. Wie passend für uns Anwälte, und offenbar dachten CFOs auch so, dabei war unser Job gar nicht kreativ. Aber Cal ansonsten schon, wenn ich an seinen Shop dachte.

Gut gelaunt stieg ich ins Auto, öffnete das Garagentor und fuhr hinaus. Wie lange ich nicht mehr hinter dem Steuer eines Wagens gesessen hatte, konnte ich nicht einmal sagen. In Seattle lohnte es sich einfach nicht, einen zu besitzen, und hier war immer Cal gefahren. Jetzt konnte ich sogar ungeniert Weihnachtslieder trällern und gleichzeitig gemütlich die fünfzig Meilen ins Städtchen fahren. Dabei genoss ich es sehr, dass Cals Auto nach ihm roch. Viel zu rasch für meinen Geschmack kam ich am Supermarkt an. Meine Einkäufe konnte ich zügig erledigen, sodass ich beschloss, den Wagen stehen zu lassen und mir ein Café zu suchen.

Die Hauptstraße von Greenlake war festlich

geschmückt, das galt auch für die kleinen Geschäfte, die ich passierte: der Deko-Shop, der Immobilienmakler und sogar die Wäscherei. Aber das *Nova Café* toppte alles. Das Schaufenster war wie eine Winterlandschaft besprüht worden inklusive des Weihnachtsmanns auf einem Schlitten. Hier bekam ich ganz bestimmt eine heiße Schokolade. Ich trat von einem fröhlichen Gebimmel der Türglocke begleitet ins Café und sah auf den ersten Blick, dass jeder Tisch besetzt war. Schade, denn die Torten in der Vitrine sahen so lecker aus, dass ich mir gerne ein Stück gegönnt hätte. Besonders die Himbeerquarktorte hatte es mir angetan. Noch drei Leute standen vor mir in der Schlange, vielleicht hatte ich Glück und jemand würde in der Zwischenzeit einen Tisch frei machen. Ich drückte mir selbst die Daumen.

„Das Übliche, Vernon?", fragte die junge Verkäuferin gerade einen älteren, etwas korpulenten Mann in einem dunklen Mantel. Er fuhr sich über das schüttere Haar, bevor er sich den Hut aufsetzte und nickte.

„Ja und pack mir bitte zwei Zimtschnecken ein."

„Gerne. Ich kann dir auch ein belegtes Brot in der Küche bestellen, wenn du fünf Minuten Zeit hast."

„Das wäre sehr nett, danke, Carol. Heute ist wieder mal der Teufel los. Das wird ein langer Abend werden." Er seufzte tief, warf einen Blick nach draußen und drehte sich danach wieder zur Verkäuferin. Sein rundliches Gesicht war fast faltenfrei, ich konnte gar nicht einschätzen, wie alt er war, vielleicht sechzig?

„Hast du denn schon einen Käufer gefunden?“, fragte Carol nach, während sie ihm die Zimtschnecken einpackte und ihm den Kaffee zum Mitnehmen reichte.

„Nein, niemand Passendes.“

„Du bleibst uns also noch länger erhalten?“

„Sieht ganz so aus.“ Leider klang das überhaupt nicht glücklich. Vernon wollte also wegziehen? Und er betrieb ein eigenes Geschäft? Musste am Kleinstadtflair liegen, dass mich Vernons Geschichte so interessierte. Der Mann ging mich absolut nichts an.

Carol entschuldigte sich, um das belegte Brot in Auftrag zu geben, während Vernon ungeduldig von einem Fuß auf den anderen trat. Er wirkte gestresst, so erstaunte es mich auch nicht, dass er Carol das belegte Brot beinahe aus der Hand riss, als sie zurückkam und auf dem Weg nach draußen einen neuen Kunden über den Haufen rannte. „Verzeihung.“ Und schon war er weg.

Leider wurde in der Zwischenzeit keiner der Tische frei. Aber das machte nichts, ich trank meine heiße Schokolade einfach auf dem Weg zurück zum Parkplatz. Das nächste Mal würde es bestimmt klappen, eine der Torten zu probieren, und für heute standen sowieso noch genug andere Dinge auf meiner Liste.

Zurück im Resort folgte ich gleich der Beschilderung für den Weihnachtsbaummarkt und stellte wie die Besucher am Samstag Cals Wagen am Straßenrand ab.

„Kann ich Ihnen helfen?“, fragte mich ein junger Mann, kaum dass ich den ersten Baum genauer begutachtete. Er war wohl etwas jünger als ich, genauso groß wie Cal und trug ein kariertes Hemd, eine Beanie und feste Handschuhe. Fror er denn gar nicht?

„Ja, ich habe mir überlegt, wie groß der Baum sein dürfte, wenn ich ihn selbst aufstellen wollte.“

„Wie stark sind Sie denn?“

„Das ist eine durchaus berechtigte Frage“, gab ich zu und musste lachen.

„Ich kann Ihnen den Baum liefern lassen, sind Sie aus Greenlake?“, kam mir der Mann entgegen.

„Nein, ich wohne bei einem Bekannten und möchte ihn damit überraschen. Ich schätze, einen zwei Meter großen Baum sollte ich schaffen. Verkaufen Sie auch Christbaumständer?“

„Ja, sogar handgeschnitzte. Kommen Sie, ich zeige sie Ihnen, oder wollen Sie zuerst den Baum aussuchen?“

„Ich glaube, ich habe den passenden bereits gefunden.“ Zielstrebig ging ich ganz nach hinten, wo immer noch meine liebste Tanne stand. Ich deutete auf seinen kleinen Bruder eine Reihe davor. „Ich mag die nicht ganz so perfekten Exemplare.“

„Jedem das seine“, antwortete der Verkäufer diplomatisch. „Ich packe ihn ein. Wo steht Ihr Wagen?“

„Am Straßenrand, ich fahre ihn gleich vor den Shop."

„Am besten suchen Sie sich zuerst den Ständer aus, dann kann ich den Baumstamm entsprechend präparieren."

„Gut." Gespannt folgte ich dem Verkäufer in den Laden. Er war heute ganz leer, das war am Wochenende noch anders gewesen. Die Wände waren mit Regalen bedeckt. Unterschiedlich große Figuren wurden dort ausgestellt, die ganz kleinen entzückten mich am meisten. Sie waren bemalt. Der Fuchs hatte es mir besonders angetan, ich bildete mir ein, dass er mich von oben herab frech anguckte. Aber auch der Hund oder die Katze, der Wolf, sogar das Krokodil waren einfach so niedlich. Wenn ich Ösen daran klebte, könnte ich eine Schnur hindurchfädeln und sie als Weihnachtsschmuck verwenden. Oh, diese Idee gefiel mir sehr gut. Spontan kaufte ich ein Dutzend der Figuren und noch einen zweiten Fuchs als Glücksbringer für mich. Es war mir egal, dass die Figuren teurer als normaler Schmuck waren, schließlich war alles handgeschnitzt. Und vor allem von Cal.

Der Verkäufer hatte inzwischen eine ganze Reihe an Baumständern ausgesucht. Ich entschied mich für einen sternförmigen aus Holz.

„Sagen Sie, bieten Sie auch Privatkurse im Schnitzen an?"

„Für Sie?"

„Ja, ich würde es gerne mal ausprobieren. Nichts

Kompliziertes, ein Herz oder einen Stern. Ich bin noch zwei Wochen hier und zeitlich flexibel."

„Ich kann Ihnen ein paar Sachen zeigen, außer Sie möchten von meinem Chef unterrichtet werden. Da müsste ich aber zuerst anfragen."

„Nein, bei Ihnen passt. Haben Sie morgen Zeit?"

„Am späten Vormittag?"

„Ja, das wäre toll." Das würde ein Spaß werden, ich konnte es kaum erwarten, Cal damit zu überraschen. Sein Weihnachtsgeschenk konnte ich somit bereits abhaken. Während der Verkäufer den Baum in ein Netz packte, parkte ich rückwärts vor dem Shop, öffnete den Kofferraum und ließ gleich die Rückbank herunter. Cal bewahrte im Kofferraum Gummiseile auf, die ich jetzt benutzen konnte, um die Heckklappe zu sichern. Ich hatte sie bereits gestern entdeckt. Notfalls hätten wir den Baum auch auf dem Dachträger befestigen können, aber dann hätte ich ihn nicht so leicht allein herunterheben können. Zufrieden fuhr ich zurück zu Cals Haus.

Calvin

„Hey, Val, was gibt's?", beantwortete ich den Anruf meiner Schwester und schaltete sie gleich auf Lautsprecher. Seit der Mittagspause brütete ich über meinem Bauprojekt, wägte verschiedene Optionen ab, die ich mit dem Architekten besprechen wollte. Lieber heute als morgen, denn sobald die Hochsaison vorbei war, wollte ich mit dem Ausbau starten können.

„Das wollte ich dich fragen. Du warst in der Stadt? Warum bist du nicht zum Kaffee vorbeigekommen?"

„Ich bin erst morgen in Greenlake. Ich fahre Grandma zum Bridge, so wie abgemacht."

„Komisch, ich war mir sicher, deinen Wagen vor dem Supermarkt gesehen zu haben."

Dunkle Jeeps gab es zu Abertausenden, aber Valerie hätte nicht angerufen, wenn sie nicht auch das Nummernschild erkannt hätte. Danny war also wirklich nach Greenlake gefahren, und ich musste mir überlegen, was ich jetzt antwortete. „Ich habe den Jeep verliehen", blieb ich bei der Wahrheit.

„Ach ja, an wen denn?"

„Einen Gast."

„Wieso denn das?"

„Ich brauche meinen Wagen momentan nicht, der Gast schon", blieb ich vage. „Außerdem habe ich noch den Truck."

„Du leihst nie irgendwas Gästen aus. Muss ich dir alles aus der Nase ziehen?"

„Ich bin dir keine Rechenschaft schuldig." Verärgert stand ich von meinem Schreibtisch auf und lockerte meine Schultern und Arme. Ich war total verkrampft.

„Natürlich nicht, ich war bloß neugierig, und wenn du uns den Gast mal vorstellen willst, würden wir uns freuen. Soll ich denn deinen Gast für das Weihnachtsessen einplanen?"

„Hältst du nicht sowieso einen Platz für mein Plus eins frei? Ich dachte, Grandma will mich morgen Abend verkuppeln?"

„Ist ja jetzt wohl nicht mehr nötig."

Nein, war es nicht, aber ich hatte nicht vor, Val von Danny zu erzählen. Noch nicht. „Wir sehen uns am Freitag. Und ehe du fragst, ich komme allein zu Chrissys Schulaufführung."

„Schade, bis dann."

„Bis dann."

Meine Schwester war unverbesserlich. Dass ich *Driving Home for Christmas* anstimmte, merkte ich erst, als mein Telefon wieder klingelte. „Was denn noch?"

„Hey, hier ist Greg. Wer ist denn die hübsche Blondine, die einen Weihnachtsbaum gekauft hat? Sie fährt deinen Wagen, und sie scheint ein großer Fan zu sein, hätte wohl den halben Laden leer gekauft, wenn sie mehr Zeit gehabt hätte. Und sie hat sich morgen für einen Schnitzkurs angemeldet."

„Sie hat einen Weihnachtsbaum gekauft?"

„Ja, einen ziemlich großen, aber sie wusste genau, welchen sie wollte."

Offenbar nicht die drei Meter Tanne, denn die hätte sie nicht in den Wagen bekommen. „Sie ist eine Freundin. Wollte sie sich den Baum nicht liefern lassen?"

„Nein, offenbar ist es eine Überraschung, die ich jetzt hoffentlich nicht verdorben habe. Also der Baum ist nicht für dich, oder?" Greg räusperte sich verlegen. Aber er wusste, dass ich zu Hause nie einen Baum aufstellte.

„Nein."

„Willst du den Schnitzkurs übernehmen? Morgen am späten Vormittag."

„Nein, mach du das. Danke für den Anruf."

„Klar, schönen Abend noch."

„Danke, dir auch." Ich legte auf und versuchte herauszufinden, wie ich mich dabei fühlte, dass Danny zu Hause einen Baum aufstellte und schnitzen lernte. Gestern noch hatte ich mir überlegt, ihr eine Freude damit zu machen, aber Danny war mir zuvorgekommen. Spielte es eine Rolle? In zwei Wochen wäre sie weg, der Baum entsorgt. Nein, es war egal. Somit konnte ich in Ruhe weiterarbeiten.

Zurück am Schreibtisch kreisten meine Gedanken jedoch um Danny und die Tatsache, dass sie mich immer wieder ohne Mühe überraschte. Ich hatte keine Deko im Haus, wie würde sie den Baum schmücken? Mit Barbiepuppen? Schmunzelnd fuhr ich jetzt schon meinen Laptop herunter.

. . .

Als ich wenig später mein Haus betrat, nahm ich als Erstes den herrlichen Duft nach asiatischem Essen wahr. Dann fiel mein Blick auf den Holzboden, auf dem noch einige Nadeln lagen. „Hey, ich bin zu Hause! Hat dir Greg etwa eine vertrocknete Tanne angedreht?“

„Du bist schon da? Und du weißt von der Tanne?“ Danny kam mir mit roten Wangen in der Diele entgegen. Ihre langen Haare hatte sie zurückgebunden, doch einzelne feuchte Strähnen klebten an ihrer Stirn. Sie schien ordentlich ins Schwitzen gekommen zu sein.

„Greg, der Verkäufer, hat mich angerufen. Und ich war überrascht. Danke.“

„Gern geschehen.“

Wir rührten uns nicht, so wie gestern, als sich die Luft um uns aufgeladen hatte und wir unserer Anziehung nachgegeben hatten. Doch heute kämpften wir wohl gleichermaßen dagegen an.

„Ich wollte sehen, ob du vielleicht Hilfe brauchst“, bemerkte ich mit erstaunlich klarer Stimme.

„Danke, das wäre nicht schlecht. Ich komme nicht an die Spitze“, antwortete Danny und wirkte dabei betont heiter. Schlug ihr Herz ebenfalls bis zum Hals?

„Wie groß ist denn der Baum, den du besorgt hast?“, fragte ich und versuchte meine Hände bei mir zu halten. Viel lieber hätte ich Danny berührt.

„Nicht so groß, wie ich es gerne gehabt hätte.“

Gespannt folgte ich Danny in den Wohn- und

Essbereich. Den Tisch hatte sie für zwei gedeckt und sogar Kerzen angezündet. Der Baum stand in der Ecke gegenüber dem Kamin, sodass man direkt vom Eingang und auch vom Tisch einen Blick darauf hatte. Er reichte bis unter die Decke, für einen Stern gab es gerade noch genug Platz. Millimeterarbeit. Danny hatte sogar einen von meinen Christbaumständern gekauft.

„Und wenn du einen Staubsauger oder Wischer hättest, wäre das auch nicht schlecht." Sie stellte sich zum Baum und fuhr liebevoll über die Nadeln. „Ich weiß, er ist nicht so schön wie die kleinen, ganz buschigen, nur mag ich diesen Baum. Und wenn ich ihn erst mit Plätzchen und Figuren geschmückt habe, wird er toll aussehen. Die Schokoladenkugeln und -tannenzapfen habe ich bereits aufhängen wollen. Aber du bist schon da, und wenn du willst, können wir auch zuerst essen. Ich muss nur noch den Reis aufsetzen."

Bestimmt erklärte sie sich so ausführlich, weil ich gerade keinen Ton herausbrachte. „Er ist großartig." Meine Stimme klang belegt, ich versuchte mich zu räuspern – erfolglos. Hätte nicht gedacht, dass mich ein Baum so aus der Fassung bringen könnte. Doch natürlich und genau deswegen hatte ich nie einen.

„Ist es in Ordnung, dass er hier ist?" Danny gesellte sich zu mir, folgte meinem Blick und berührte dabei zaghaft meine Finger.

„Ja." Mein Herz schlug noch immer viel zu schnell, Bilder von früher, als wir zusammen im

Wald gewesen waren, stürmten pausenlos auf mich zu. Ich hatte immer den Baum ausgewählt, von dem ich dachte, dass ihn sonst niemand wollte. Und jetzt hatte Danny dasselbe getan?

„Das freut mich."

Ihre Finger berührten immer noch meine. Als ob sie mein Anker wäre. Die Erinnerungen verblassten, der Spuk war wieder vorbei. Leise räusperte ich mich. „Ich geh mich umziehen und dann wische ich hier sauber. Ich beeile mich."

„Alles gut, der Reis braucht noch eine Weile."

Dennoch beeilte ich mich. Nachdem ich meinen Anzug gegen bequeme Kleidung getauscht hatte, holte ich den Staubsauger und kümmerte mich um die Tannennadeln. Danach gesellte ich mich zu Danny in die Küche.

„Val hat mein Auto in der Stadt gesehen. Sie hat mich angerufen, wollte wissen, warum ich nicht Bescheid gegeben habe", erzählte ich, während ich zwei Schüsseln aus dem Küchenschrank nahm. In die eine füllte Danny den fertigen Reis, die andere war für das karamellisierte Hühnchen gedacht. Mir lief das Wasser im Mund zusammen, es roch köstlich.

„Machst du das denn? Also meldest du dich immer bei deiner Familie, wenn du in die Stadt fährst?"

„Meist fahre ich *wegen* meiner Familie in die Stadt. Ich glaube, dass es dieses Mal nicht so war, hat meine Schwester irritiert."

„Ihr steht euch wirklich sehr nahe. Kein Wunder,

dass sich alle in dein Leben einmischen. Ich meine … entschuldige, ich wollte nicht … ich kenne sie gar nicht."

„Ich weiß, wie du es meinst. Ich erzähle gar nichts von mir, deswegen stürzt sich Val auf jede Neuigkeit."

„Warum erzählst du nichts von dir? Und was ist bei mir anders? Wir tauschen die ganze Zeit private Dinge aus, das funktioniert doch ganz gut."

Weil wir ein Ablaufdatum besaßen. Das Ende war bekannt, ich konnte nicht überrascht werden. Danny würde nach dem Weihnachtsessen abreisen. Ich wusste es und das machte alles leichter. Sie wäre weg, alles, was zwischen uns war, jedes Geheimnis, das ich aussprach, würde mit ihr verschwinden. Dass wir uns im Februar wiedersahen, zählte nicht. Darum fiel es mir leicht. Sogar in meinen Ohren klang das furchtbar. Erbärmlich und gleichzeitig respektlos und verletzend. Als ob ich Danny als emotionalen Mülleimer missbrauchen würde. Dabei mochte ich sie. Und auch wenn ich viel zu lange mit meiner Antwort wartete, hoffte ich, dass sie mir glaubte, als ich erwiderte: „Ich fühle mich mit dir wohl. Du hörst zu, weißt nicht alles besser und verurteilst mich auch nicht." Das war ebenfalls die Wahrheit.

„Ich fühle mich auch mit dir wohl. Gut, beim Skifahren jetzt nicht so, aber sonst … gar nicht so schlecht."

„Gar nicht so schlecht? Na hör mal, ich biete dir hier das Paradies und du sagst gar nicht so schlecht." Lachend nahm ich eine der Schüsseln und ging zum

Tisch. Sie folgte mir mit der anderen und zwei Schöpflöffeln.

„Und gleich wirst du mich nicht mehr hergeben wollen. Wetten?“, behauptete sie keck, als sie das Abendessen auftischte.

Das könnte wohl wahr sein, denn ich hatte das Gefühl, dass Danny meiner Traumfrau verdammt nahekam.

KAPITEL 7

CALVIN

Am nächsten Tag lud ich abends den Weihnachtsbaum für May, der Freundin meiner Grandma, auf meinen Pick-up. Für ihre Enkelin Melissa hatte ich einen weiteren Schwan und drei Küken geschnitzt. Ihr Geschenk steckte ich in meine Jackentasche.

„Wie ist der Schnitzkurs heute Morgen gelaufen?", fragte ich Greg, bevor ich ins Auto stieg.

„Mit deiner Bekannten? Gut, ich habe ihr Balsaholz gegeben, sie hat ein paar Sachen ausprobiert. Scheint ihr Spaß gemacht zu haben." Greg sah mich so komisch an, bevor er mir zuzwinkerte und auf dem Weg zurück in den Laden „Grüß mir May!" über die Schulter zurief.

„Mache ich." Noch lieber hätte ich gewusst, was er mir verheimlichte. War er an Danny interessiert? Hatte er sich mit ihr verabredet? Was hatte das Zwinkern zu bedeuten? Ach Quatsch, sie spielte meine

Freundin, dann würde sie bestimmt nicht nebenher mit einem anderen Mann anbandeln. So war Danny nicht. Außerdem wollte sie heute den Baum fertigschmücken. Sie hatte gar keine Zeit. Beruhigt stieg ich in meinen Wagen und fuhr zu meiner Grandma.

Auf Musik verzichtete ich, doch in Gedanken spukte wieder *Driving Home for Christmas* in meinem Kopf herum. Perfekt, um mit Danny dazu zu tanzen. Später, vor dem fertig geschmückten Weihnachtsbaum. Ich konnte über mich selbst nur den Kopf schütteln. Wenn mir letzte Woche jemand erzählt hätte, dass eine verrückte Idee mein Leben um hundertachtzig Grad drehen würde, auf die beste Art überhaupt, ich hätte ihn ausgelacht.

„Hast du dich verliebt, Cal?", fragte ich laut. Die Wahrheit war, dass ich es nicht wusste, denn es wäre das erste Mal. Und es bescherte mir trotz Ablaufdatums kein Bauchweh, oder gerade deswegen nicht? Weil nie etwas Ernstes daraus entstehen könnte? Oder weil ich wusste, dass Danny und ich in zwei Wochen auf jeden Fall auseinandergingen? Es würde keine böse Überraschung auf mich warten. Wahrscheinlich von allem ein bisschen.

Mein erster Stopp in Greenlake war das Haus meiner Grandma. Hier war ich nach dem Unfalltod meiner Eltern aufgewachsen. Vielleicht fuhr ich deswegen mit gemischten Gefühlen hierher, es war nie mein Zuhause geworden. Ich stellte mein Auto in der

Einfahrt ab und stieg aus. In den letzten Jahren hatte sich nichts verändert. Sogar der Schaukelstuhl stand immer noch auf der Veranda und die Truhe, in der die Decken lagen. Ich hatte nicht schnell genug ans College abhauen können, und auch heute würde ich es begrüßen, nicht zu viel Zeit hier zu verbringen.

Meine Grandma hing jedoch an ihrem Haus, kein Wunder, sie hatte es über sechzig Jahre mit meinem Grandpa geteilt. Und auch mit neunzig dachte sie gar nicht daran, in ein kleineres Häuschen umzuziehen.

An der Haustür angekommen, klopfte ich, bevor ich auch gleich eintrat. Die Tür stand immer offen, wenn Grandma zu Hause war. „Grandma! Ich bin hier!"

„Ich komme! Na, was denkst du? Steht mir Grün?" Sie trat aus der Küche, in der Hand hielt sie ein Blech, das in Alufolie gewickelt war.

„Du siehst sehr hübsch aus." Das Kleid war bodenlang, das Oberteil mit Pailletten bestickt. Dazu hatte sie ihre weißen Haare toupiert. Der Modeschmuck war auffällig golden und passte zur festlichen Aufmachung. Es war das letzte Treffen des Bridgeclubs vor Weihnachten.

„Danke. Valerie hat mir erzählt, du hättest deinen Wagen ausgeliehen? Lerne ich deine Herzensdame denn bald mal kennen?"

Kopfschüttelnd nahm ich Grandma das Blech ab, reichte ihr meinen Arm und führte sie zur Tür. „Wieso denkst du, sie wäre meine Freundin?"

„Vielleicht, weil du so strahlst und es auch nicht abgestritten hast. So habe ich dich noch nie erlebt."

„Ich freue mich, *dich* zu sehen."

Sie lachte auf. „Habe ich dir mal erzählt, dass dein Grandpa mir, eine Woche nachdem wir uns getroffen haben, einen Ring angesteckt hat? Dabei sah er so aus wie du jetzt."

Den ersten Teil hatte sie mir gefühlt tausend Mal erzählt. „Er wusste eben, dass er dich nicht mehr gehen lassen darf." Neben der Garderobe blieben wir stehen, damit ich das Blech absetzen und meiner Grandma in den Mantel helfen konnte.

„Danke, mein Junge. Also erzähl, wie heißt sie? Wie habt ihr euch kennengelernt? Lebt ihre Familie in der Nähe?", bohrte sie weiter.

Ja, sie war genauso neugierig wie alle hier im Dorf. Ich ließ meine Grandma zappeln, schloss in einer Seelenruhe das Haus ab und führte sie zum Truck, wo ich ihr auf den Beifahrersitz half.

„Wir kennen uns noch nicht lange", begann ich, als ich mich hinter das Steuer gesetzt hatte. Das war nicht gelogen.

„Aber du magst sie."

„Ja, ich mag sie." Mit meiner Grandma über mein Liebesleben zu sprechen, war eine absolute Premiere. Noch nie hatte ich ihr jemanden vorgestellt. Wollte sie mich wirklich verkuppeln oder hatte Val das erfunden? Grandma hielt ihre Tasche auf dem Schoß und den Blick auf die Straße gerichtet. Sie wirkte dabei sehr glücklich. Nur weil ich jemanden kennengelernt hatte?

„Ich habe sie zum Weihnachtsessen eingeladen."

„O Junge, dann ist es etwas Ernstes zwischen euch? Nur, feiert sie nicht mit ihrer eigenen Familie?"

„Nein." Meine Grandma dachte bestimmt, dass ich damit ihre letzte Frage beantwortete und nicht beide. Ich korrigierte sie nicht.

„Dann richte ihr bitte aus, dass sie herzlich willkommen ist." Grandma betrachtete mich so warmherzig, dass ich schluckte.

„Danke, das mache ich. Sie heißt Danielle." *Aber meine Freunde nennen mich Danny …*

„Ein schöner Name."

Und eine noch schönere Frau. Meine Grandma löcherte mich auf der Fahrt zu May nicht, dabei wäre es mir nicht einmal schwergefallen, ihr von Danny zu erzählen. Außer den Teil über die Fake-Beziehung. Da wir bereits einiges zusammen unternommen hatten, hätte ich keine Mühe gehabt, die fünf Minuten zu Mays Haus zu füllen. Auch nicht zehn oder fünfzehn Minuten. Ich hätte Grandma sogar gestehen können, dass mir Danny bereits am ersten Abend, als sie in der Bar gesessen hatte, aufgefallen ist. Auch ihretwegen war die Bar mein letzter Stopp für den Tag geworden. *Driving Home for Christmas* begann eine ganz neue Bedeutung für mich zu bekommen.

Es musste an der festlichen Stimmung zum Ende des Jahres liegen, dass ich plötzlich so romantisch wurde. So kannte ich mich nicht und offensichtlich meine Grandma auch nicht. Als wir bei May ankamen, ich den Wagen am Straßenrand abgestellt hatte, bemerkte meine Grandma: „Du musst nicht bleiben. Fahr lieber nach Hause zu deinem Mädchen."

„Bist du sicher? Wie kommst du nach Hause?"

„Ich rufe mir ein Taxi, keine Angst, in Greenlake geht niemand verloren."

„Meldest du dich, wenn du zu Hause angekommen bist?"

„Ganz sicher nicht. Spar dir die Kontrollanrufe für deine zukünftigen Kinder auf. Ich bin eine alte Frau, um mich musst du dich bestimmt nicht sorgen."

Die Diskussion war wohl zu Ende, denn meine Grandma öffnete bereits die Tür, um auszusteigen. „Warte, ich helfe dir." Eilig umrundete ich den Wagen, stützte sie beim Aussteigen und lieferte sie sicher bei May ab. Nachdem ich meiner Grandma aus dem Mantel geholfen hatte, richtete ich meine nächste Frage an ihre zierliche Freundin: „Wo soll ich den Baum hinstellen?" Auch May war festlich gekleidet, in Dunkelrot.

„Am liebsten in die Garage. Dort steht auch ein Ständer, den ich bereits mit Wasser befüllt habe."

„Gut. Oh, und ehe ich es vergesse …" Aus meiner Manteltasche holte ich das Geschenk. „Für Melissa."

„Danke, Cal." May trat näher. „Nun bück dich schon, damit ich dich küssen kann."

Ich tat ihr den Gefallen, ließ mir einen Schmatzer

auf die Wange drücken und mich von ihrem süßen Duft benebeln.

„Cal kann nicht bleiben, er hat jetzt eine Freundin", unterbrach uns meine Grandma.

„Wirklich? Erzähl, wann lerne ich sie kennen?" May strahlte noch mehr als Grandma.

„Zuerst bin ich dran", bestimmte meine Grandma. „Wir sehen uns Freitag, Cal."

„Bis Freitag."

„Nimm den Weg durch die Küche zur Garage", wies mich May noch an, ehe sie Arm in Arm mit meiner Großmutter zum Esszimmer auf der rechten Seite schlurfte. Sie waren die ersten und würden die Zeit, bis ihre Freundinnen eintrafen, mit dem neuesten Klatsch und Tratsch überbrücken. So wie immer.

Ich trat nach links durch die Tür zur Küche und weiter in die Garage. Als ich den Lichtschalter betätigte, blieb ich augenverdrehend stehen. Mays Gartenmöbel stapelten sich auf der Hälfte der Fläche, der Rest wurde von Kisten und Kartons bedeckt. Wahrscheinlich ihre Weihnachtsdeko, die ihr Schwiegersohn noch nicht aufgestellt hatte. So war es jedes Jahr. Kurz vor Weihnachten würde ich mich anbieten, zu helfen. Es konnte schließlich nicht sein, dass Grandmas beste Freundin als Einzige in der Straße kein geschmücktes Haus besaß.

Den Christbaumständer fand ich am Garagentor. Am liebsten hätte ich ihn direkt ins Haus getragen und den Baum dort aufgestellt, aber May wollte ihre

Enkelin dabeihaben, und ich wäre der Letzte, der ihr diesen Wunsch vereiteln würde.

Nun gut, dann mal an die Arbeit. Nach fünf Minuten war ich fertig. Der Baum war nicht besonders groß, reichte mir nur bis zum Kinn. Er war schön buschig, perfekt gewachsen, sodass er jeder künstlichen Variante hätte Konkurrenz machen können. Nichts für mich und zum Glück auch nichts für Danny. Nachdem ich den Garagentoröffner an seinen Platz gelegt hatte, löste ich die manuelle Verriegelung des Tores aus, kontrollierte, dass es auch komplett schloss, und fuhr erst dann zurück zum *Winter Dream Resort*. Danny erwartete mich nicht so früh zurück, vielleicht sollte ich sie anrufen, am Ende entschied ich mich aber dagegen.

Wohl ein Fehler, denn als ich zu meinem Haus hochfuhr, lag es im Dunkeln. Sie war gar nicht da. War sie mit Greg unterwegs? Eifersucht erfasste mich, völlig unangebracht, denn wir waren ja kein richtiges Paar. Sie durfte tun und lassen, was sie wollte. Der Jeep stand zwar in der Garage, aber zum Resort war es zu Fuß nicht sehr weit.

Unschlüssig, ob ich sie anrufen oder in Ruhe lassen sollte, betrat ich mein Haus und schaltete das Licht ein. Dannys Jacke hing am Kleiderhaken und ihre Stiefel standen auf der Fußmatte. Sie war also doch da?

Ich zog Mantel und Schuhe aus. Danach ging ich gleich weiter in den Wohnraum. Der Duft nach Plätzchen lag in der Luft und in der Ecke stand der geschmückte Weihnachtsbaum. Eine Lichterkette erhellte ihn. Ich hatte ihn von der Straße aus nicht gesehen, weil Danny die Verdunkelungsvorhänge zugezogen hatte. Statt auch hier das Licht anzuzünden, löschte ich es in der Diele und trat zum Baum. Er war wohl fertig. Wie angekündigt, bestand der Schmuck aus Schokolade, Ingwerplätzchen und … meinen geschnitzten Figuren? Vorsichtig drehte ich den Wolf vor mir zwischen meinen Fingern. Danny hatte winzige Ösen angeklebt, an denen sie goldene Geschenkschnur befestigt hatte, um die Figuren aufhängen zu können.

Der Wolf war nicht die einzige Figur, ich fand die Katze und den Hund, den Fuchs, meinen Liebling. Und sogar den Elefanten, das Zebra und die Giraffe. Ungewöhnlich, so wie Danny selbst.

Aber wo steckte sie denn? War sie oben? Ich erklomm die Treppe in den ersten Stock, alle Zimmer lagen im Dunkeln, die Türen waren offen. Komisch. Auf dem Weg in mein Schlafzimmer zückte ich mein Handy. Mein rechter Daumen lag bereits auf Dannys Namen, meine linke Hand betätigte den Lichtschalter, als ich gegen etwas prallte – Danny. Sie trug einen Bademantel, die hochgebundenen Haare waren noch feucht.

„Oh!"

„Sorry."

„Du bist schon da? Ich habe den Whirlpool benutzt, ich hoffe, das war in Ordnung?"

Mein Gehirn setzte komplett aus. Während ich sie

wie ein Idiot anstarrte, erkannte ich die Röte, die ihren Hals hinaufkroch. Sie leckte sich über die Lippen und wartete. Doch ihre Atmung ging abgehackt. Irgendwie schaffte ich es, mein Handy in meine Anzugtasche zu stecken, während in meinen Ohren das Blut zu rauschen begann. Meine Haut kribbelte und mein Blickfeld schrumpfte weiter. Ich sah nur noch Dannys Lippen, die ich küssen wollte, einen kleinen Teil ihres Dekolletés und dass der Bademantel bloß lose vom Gürtel gehalten wurde. Was trug sie darunter? Nichts?

„Schon okay, ich hatte es dir angeboten." Meine Stimme hatte noch nicht versagt. Danny nickte, blieb aber weiterhin stehen.

„Ich sollte mich anziehen."

Also trug sie gar nichts darunter?

„Okay." Ich meinte damit das genaue Gegenteil, aber ganz bestimmt würde ich die Situation nicht ausnutzen. Danny zu nichts drängen. Dass ich sie wollte, war nicht zu übersehen, meine Anzughose verbarg nichts. Doch das war ganz allein mein Problem.

Als Danny einen Schritt näher trat, ging ich automatisch zur Seite, um sie durchzulassen. Während sie sich in ihrem Zimmer anzog, würde ich mich unter der Dusche um mein Problem kümmern und dann einfach so tun, als ob nichts gewesen wäre.

Doch Danny blieb dicht vor mir stehen, legte ihre Hände auf meine Brust, stellte sich auf die Zehenspitzen und küsste mich. Ich nahm alles wie in Zeitlupe wahr, dazu passte ihr zärtlicher Kuss. War das ein Dankeschön? Wofür? Ich hatte keine Ahnung, aber ich erwiderte den Kuss nicht, hielt meine Hände bei mir und meine Lust in Schach. Meine Nerven waren zum Zerreißen gespannt.

„Du riechst so süß wie Großtante Mabel. Dein neues Aftershave?“ Sie kicherte und küsste mich auf die Wange, zuerst rechts, dann links, danach auf mein Kinn.

„Die Freundin meiner Grandma hat es heute besonders gut mit der Menge ihres Parfüms gemeint.“ Mit dem letzten Rest Selbstbeherrschung schob ich Danny an den Ellbogen sanft von mir. Fuck, ich spürte die Hitze zwischen uns, nur durfte ich ihr nicht nachgeben. „Hör zu …“

„Viel lieber würde ich dich küssen … überall.“

„Sicher?“, presste ich hervor. Ich hatte mich nicht verhört, oder?

Danny sah mir tief in die Augen und antwortete: „Ganz sicher.“

Im nächsten Atemzug lagen unsere Lippen aufeinander und wir küssten uns ungezügelt. Ich hob Danny hoch, damit sie ihre Beine um meine Hüften schlingen konnte. Wo war mein Bett? Ich wusste es nicht, hatte einen Moment die Orientierung verloren. Danny zerrte bereits an meiner Anzugjacke.

„Moment.“ Ah, genau, wir mussten nach links. Sicher legte ich sie wenig später auf meinem Bett ab. Wir küssten uns weiter, während ich mich aus dem Jackett schälte, meine Krawatte abstreifte und versuchte, mein Hemd aufzuknöpfen. Ich wollte den Körperkontakt nicht verlieren, auch wenn wir uns gleich Haut auf Haut spüren würden. „Du machst mich wahnsinnig. Ich kann nicht erwarten zu sehen, was du unter dem Bademantel trägst", keuchte ich an ihren Mund und verlagerte meine Küsse auf ihren seitlichen Hals.

„Nichts natürlich", stöhnte sie, als ich ihre empfindliche Haut berührte.

Fuck! Ich wurde augenblicklich noch härter. Während ich den Bademantel langsam aufschob, um sie am Dekolleté zu küssen, spürte ich ihre Hand an meiner Hose. Sie fand meinen Schwanz, drückte ihn und begann ihn zu massieren. Es fühlte sich verdammt gut an, aber ich war so geladen, dass ich vom Bett aufstand und auf Abstand ging. Dannys verklärter Blick gab mir fast den Rest. Als sie mit ihrem Bademantelgürtel zu spielen begann und sich immer wieder über die Lippen leckte, öffnete ich die Schnalle und zog meinen Gürtel aus den Schlaufen. Auch er landete neben dem Hemd auf dem Boden. Meine Härte drückte gegen den Stoff, der Druck stieg immer weiter an. Als Nächstes war meine Hose dran. Doch Danny lenkte mich ab, indem sie den Gürtel aufschnürte und den Mantel Zentimeter für Zentimeter öffnete.

Roter Stoff kam auf ihrem Brustbein zum Vorschein. Sie trug also einen Bikini. Der Gedanke, dass ich sie fertig auspacken könnte, gefiel mir ausgesprochen gut. „Stopp, den Rest übernehme ich."

Sofort hielt sie in ihrer Bewegung inne und sah mich abwartend an. Während ich meine Hose langsam aufknöpfte, ging ich zum seitlichen Rand des Bettes. Sobald ich meine restliche Kleidung, außer meinen Boxer Briefs, losgeworden war, beugte ich mich über Danny und küsste sie. Sie erwiderte es so hemmungslos, wie ich erwartet hatte. Dabei legte sie auch sofort wieder ihre Arme um meinen Nacken, bevor sie ihre Hände über meine Schultern zu meinem Bizeps wandern ließ. Ich öffnete derweil den Mantel und fuhr mit meinen Fingern langsam zu ihren Brüsten. Ihr Bikini war nicht der Rede wert, aber nass.

„Du erkältest dich noch, wenn du den Bikini nicht ausziehst", murmelte ich, bevor ich ihre kühle Haut mit Küssen bedeckte.

„Klingt sehr vernünftig." Im nächsten Moment wich ihr raues Lachen einem Keuchen, denn ich hatte den Stoff heruntergezogen und saugte abwechselnd ihre aufgestellten Nippel. Der Bikini war an den Seiten gebunden, was es mir leicht machte, ihn auszuziehen. Auch er landete auf dem Boden. Danny befreite in der Zwischenzeit ihre Arme aus dem Bademantel und beugte dabei ihren Oberkörper so weit vor, dass ich mich nicht zweimal bitten ließ, ihre Brüste abwechselnd zu kneten und mit meinen Zähnen und meiner Zunge weiter zu verwöhnen. Ich liebte ihr Stöhnen und Keuchen, wie sie erzitterte und sich an mir festklammerte. Dabei war ich noch nicht fertig, Danny heißzumachen.

Auch ihr Höschen war an den Seiten gebunden. Mit meiner Zunge fuhr ich die Umrisse des sündigen Stückchen Stoffs nach, bevor ich eine Schleife nach der anderen löste und es ebenfalls zur Seite warf. Tief atmete ich Dannys einzigartigen Geruch ein, bevor ich mit meiner Zunge durch ihre feuchte Mitte fuhr und zum ersten Mal von ihr kostete. Fuck, sie schmeckte so süß wie Honig! Ich war jetzt schon süchtig danach. Ich tauchte immer wieder in sie ein, bevor ich meine Zunge durch zwei Finger ersetzte und mit ihrer Klit zu spielen begann. Als ich meinen Kopf hob, begegnete ich ihrem verklärten Blick. Sie krallte ihre Finger in mein Haar und schob mir ihr Becken weiter entgegen.

Ihr Stöhnen wurde immer lauter, sie noch feuchter, während ich das Tempo erhöhte. Immer rascher meine Finger in sie eintauchte, an ihrer Klit saugte und sie weiter Richtung Höhepunkt trieb, bis Dannys Atem stockte und sie kurz darauf aufschrie. Ihre Mitte zog sich immer wieder zusammen.

Als Danny zur Ruhe gekommen war, küsste ich ihren Bauchnabel, ihre Brüste, ihren seitlichen Hals und am Ende ihren Mund. Sie küsste mich mit einer Begierde zurück, die mir versicherte, dass sie nichts bereute, aber auch noch lange nicht fertig war. Das traf sich gut, denn ich war es ebenso wenig.

Danielle

Ich konnte mit Sicherheit sagen, dass noch kein Mann vor Cal mich so unglaublich angemacht hatte. Umgekehrt hatte mich auch noch nie ein Mann so voller Verlangen angesehen wie er. Mein Körper war emotional komplett überreizt, ich wollte Cal berühren, konnte gleichzeitig nicht genug davon bekommen, wie meisterhaft er mit meinem Körper spielte. Mich mit einer Leichtigkeit in Ekstase versetzte, die mich bereits süchtig machte. Doch ich wollte mehr und so strich ich über seine ausgeprägten Rückenmuskeln bis zu seinem Po, wo ich meine Hände unter seine Boxer Briefs schob. Er schien nur aus Muskeln zu bestehen. Als ich mit meinen Händen nach vorn wanderte, um seine ausgewachsene Erektion legte und ihn zu pumpen begann, erschauderte Cal.

Sein bestes Stück fühlte sich verdammt groß an, und ich konnte es nicht erwarten, ihn tief in mir zu spüren. Je länger ich ihn massierte, desto ungestümer küsste mich Cal, bis er sich plötzlich auf den Rücken drehte und die Boxer Briefs auszog. Mit der linken Hand riss er die Nachttischschublade auf und holte ein Kondom hervor. Nachdem er es sich übergestülpt hatte, begann ich seinen Oberkörper mit kleinen

Küssen zu bedecken. Er war so unglaublich sexy. Ich kannte niemanden mit einem Sixpack persönlich.

„Ich liebe deinen Duft, er erinnert mich an den Wald“, gestand ich ihm stattdessen. Noch ein Kuss auf seinen Rippenbogen, bevor ich mich auf Cal setzte. Doch ich ließ ihn zappeln, beugte mich zu seinem linken Ohr, knabberte an seinem Läppchen und erfreute mich daran, wie er ungeduldig seine Hüften hochschob. Die Reibung bescherte mir eine Gänsehaut. „Außer heute, heute riechst du so süß wie eine alte Frau“, flüsterte ich und landete prompt auf meinem Rücken. Cal ragte über mir auf. Er hielt meine Hände auf die Bettdecke gepresst, hatte klar die Oberhand. „Ich verspreche dir, dass du ‚süß‘ gleich ganz schnell aus deinem Wortschatz löschst.“

„So große Töne, ich will Taten sehen“, hielt ich dagegen.

Er löste eine Hand, umklammerte seinen Schwanz und fuhr mit seiner Spitze durch meine Feuchte, dabei ließ er es sich auch nicht nehmen, meine Klit zu reizen. Nichts daran war süß, sondern verdammt heiß. Als er beim nächsten Mal seine Schwanzspitze in mich eintauchte und gleich wieder herauszog, protestierte ich lautstark, er lachte mich bloß aus.

„Macht es dir Spaß, mich hinzuhalten?“

„Vielleicht. Aber vielleicht will ich auch nicht, dass der Spaß bereits wieder vorbei ist.“

„Weil du nicht lange durchhältst? Erwarte ich zu viel?“

„Keine Angst, du kommst schon auf deine Kosten. Auch das zweite, dritte und vierte Mal. Die ganze Nacht.“

Er beugte sich so weit zu mir, dass unsere Lippen nur noch wenige Zentimeter auseinanderlagen. Gleichzeitig bewegte er seine Hüften langsam vor und zurück und tauchte immer weiter in mich ein. Dass er mich dabei keine Sekunde aus den Augen ließ, schürte die Intimität zwischen uns. Mein Herz begann wie wild zu hüpfen, doch was bedeutete das alles?

„Nicht denken, nur fühlen“, flüsterte er.

Ein guter Ratschlag, doch dann sollte Cal aufhören, mich so anzusehen, als ob er nicht glauben könnte, dass ich hier wäre. Oder mich immer wieder so liebevoll zu küssen, dass ich mir einbildete, dass mehr zwischen uns entstand. *Nicht denken, nur fühlen.*

Ich beschloss, genau das zu tun, nichts zu hinterfragen, sondern zu genießen, wie sehr er mich ausfüllte, als er komplett in mich eingetaucht war. Er fühlte sich unglaublich gut an. Statt zu warten, kreist ich meine Hüften.

Cal ließ sich nicht zweimal bitten, mich mit kurzen harten Stößen rasend schnell Richtung Höhepunkt zu treiben, während wir uns ungezügelt küssten. Doch als ich dachte, gleich abzuheben, stoppte Cal in seiner Bewegung. Ich spürte sein Grinsen an meinen Lippen. So ein Mistkerl!

„Ich will nicht, dass es bereits vorbei ist“, erklärte er sich, als ich ungeduldig brummte.

„Und du scheinst wohl auch über eine unglaubliche Selbstbeherrschung zu verfügen."

„Das täuscht." Er nahm seine Hüftbewegungen wieder auf, dieses Mal schaukelte er mich mit langen, langsamen Bewegungen zum Höhepunkt.

„Lass los, ich fang dich auf. Immer …", flüsterte er mir ins Ohr, bevor er mich am seitlichen Hals küsste. *Immer …* Es klang wie ein Versprechen, das weit über unsere Abmachung hinausging. Als sich meine Mitte zusammenzog, fühlte ich, wie auch Cal tief in mir pulsierte. Er hatte wohl wirklich bloß auf mich gewartet.

KAPITEL 8

DANIELLE

Wir verbrachten die ganze Nacht zusammen und auch den nächsten Morgen, bis Cal zur Arbeit musste. Doch wenn ich gedacht hatte, dass Cal den Rest der Woche auf Abstand gehen würde, hatte ich mich getäuscht. Ich übernachtete auch die folgende Nacht bei ihm und die nächste.

Amy hatte mir mal von den „Liebessprachen“ erzählt. Es gab vier davon, und auch ohne noch mal alle nachzulesen, merkte ich deutlich, wie ich anfing zu versuchen, Cal das Leben zu erleichtern, indem ich Dinge für ihn erledigte. Er fragte nicht danach, aber es bereitete mir Freude, für ihn zu kochen oder einkaufen zu fahren. Auch den Weihnachtsbaum hatte ich für Cal gekauft.

Natürlich hatte es mir viel Spaß bereitet, ihn zu schmücken, ganz nach meinem eigenen verrückten Stil, aber für mich allein hätte ich es nicht gemacht.

Auch nicht die Plätzchen gebacken. Dabei hatte ich viel Zeit zum Nachdenken über mich und meine Zukunft und ob es mir in einer kleineren Stadt nicht besser gefallen könnte. Ich hatte es noch nie versucht, obwohl Berkeley selbst wie ein Dorf war. Doch eine Uni war nicht das echte Leben.

Ich konnte nicht leugnen, dass ich Greenlake mochte, ich war diese Woche noch einmal hingefahren und auch heute plante ich einen Ausflug. Es war Freitag, Cal besuchte am Abend eine Schulaufführung seiner Nichte. Und bevor ich den ganzen Tag zu Hause hockte und mit jeder Stunde frustrierter wurde, weil ich keine konkrete Lösung für mein Leben im neuen Jahr fand, lockte mich der Gedanke an Kaffee und Kuchen und etwas Trubel.

Gut gelaunt machte ich mich auf den Weg ins Städtchen. Bereits auf der Fahrt beschloss ich, dass ich mir ausnahmsweise für mich allein heute Abend etwas kochen würde. Vielleicht einen leckeren Auflauf, und da für das Wochenende Schneefall angesagt war, würde ich Schokokekse backen. Die mochte doch jeder. Wir könnten es uns auch vor dem Kamin gemütlich machen und, wenn das Wetter aufklarte, einen Schneemann bauen oder nochmals Schlitten fahren. Ich sprudelte über vor Ideen, und mein Urlaub entpuppte sich zum besten, den ich je hatte. Alles wegen Cals verrückter Idee mit der Fake-Freundin.

Eine Weile noch konnte ich in meiner kleinen Blase leben und so tun, als ob meine Zeit in Montana kein Ablaufdatum besäße. Als ob unsere Fake-Beziehung real wäre und wir einfach zwei Menschen waren, die sich gegenseitig eine Chance gaben. Aber das stimmte nicht. Doch Trübsal zu blasen, verbot ich mir. Als ich das rote Dach des *Nova Cafés* in der Ferne auftauchen sah, bildete ich mir ein, dass der köstliche Duft nach frisch gemahlenem Kaffee in meine Nase stieg. Wie letztes Mal parkte ich am Supermarkt und lief die zwei Minuten zum Café. Zwei ältere Damen sprachen angeregt miteinander, als sie es verließen, doch sobald sie mich sahen, stoppten sie und musterten mich neugierig. Ob jede Fremde hier unter die Lupe genommen wurde? Ja, wahrscheinlich schon.

Ein korpulenter Mann rief sie von der gegenüberliegenden Seite und eilte zu ihnen. Ihn kannte ich, er hieß Vernon, wenn ich mich recht erinnerte, und hatte das vorletzte Mal vor mir in der Schlange gestanden. Da gerade einige Gäste das Café verließen, witterte ich meine Chance auf einen freien Tisch. Sobald der Eingang frei war, eilte ich hinein. Leider wurden nur die großen Tische abgeräumt. Alternativ könnte ich mich an die Fensterbank setzen.

„Ist es in Ordnung, wenn ich einen der Tische nehme? Ich bin allein“, fragte ich die Kellnerin, die gerade die Tische sauber wischte.

„Ja, klar. Der nächste Ansturm kommt erst kurz vor Feierabend. Was kann ich Ihnen bringen?"

„Es macht mir auch nichts aus, falls sich jemand zu mir setzen will", versicherte ich dennoch.

Ein tiefes Lachen erklang hinter mir. „Sie sind nicht von hier, sonst hätten Sie das nicht laut ausgesprochen."

Die Kellnerin schmunzelte, während ich mich umdrehte. Vernon.

„Nein", gab ich zu. „Aber es gefällt mir so weit ganz gut."

„Das freut mich."

„Was kann ich Ihnen bringen?", wiederholte die Kellnerin ihre Frage. Vernon war inzwischen an die Theke getreten.

„Einen Pumpkin Spice Latte bitte. Und noch ein Stück Kuchen, ich muss nur kurz schauen, was Sie heute anbieten."

„Gut, geben Sie einfach Bescheid, wenn Sie etwas gefunden haben. Ihr Latte kommt sofort."

Ich stellte mich neben Vernon, der sehnsüchtig die Kuchentheke betrachtete.

„Der Apfelkuchen sieht sehr lecker aus." Mir lief das Wasser im Mund zusammen.

„Ich liebe Zimtschnecken", gestand er.

„O ja, und Lebkuchen und dazu ein Glas Milch." War das nicht eine gute Idee für das Wochenende? Statt Schokoplätzchen, ein Blech Lebkuchen zu backen? Oder beides? Würde es Cal Spaß machen, mir zu helfen?

Vernon seufzte derweil tief.

„Die Pecan Pie sieht auch köstlich aus. Wobei ich aufpassen muss, dass ich mir keine Zahnfüllung ausbeiße oder noch schlimmer: einen Zahn“, dachte ich laut nach.

„Der lokale Zahnarzt ist ein Freund von mir.“

„Super, bekomme ich Rabatt? Dann würde ich glatt ein Stück bestellen. Möchten Sie vielleicht mit mir teilen? Für mich allein ist es zu viel.“

„Nun ja, wenn es für Sie allein zu viel ist, wäre es ja schade, den Kuchen verderben zu lassen. Aber ich bezahle. Mandy, ich trinke meinen Kaffee heute hier, und bring uns bitte noch ein Stück Pecan Pie, zwei Teller und zwei Gabeln.“

„Kommt sofort, Vernon.“

„Danke, Vernon, ich bin Danielle.“ Ich streckte ihm zum Gruß die Hand hin, die er lächelnd drückte.

„Sehr erfreut.“

„Ganz meinerseits.“

Wir setzten uns an den Tisch. Unsere Getränke wurden eben abgestellt und auch der Kuchen ließ nicht lange auf sich warten. Gleichzeitig nahmen wir unsere Gabeln, brachen ein Stück ab und seufzten genüsslich auf, als die Süße des Maissirups unsere Geschmacksnerven in Ekstase versetzte.

„Also, Danielle, machst du hier Ferien?“, fragte mich Vernon, nachdem er den Kuchen mit einem Schluck Kaffee hinuntergespült hatte.

„Ja, genau. Ich bin aus L. A., habe aber jobbedingt und wegen einer Partnerschaft viele Jahre in Seattle gelebt. Beides ist zu Ende gegangen. Nur da mein Ex und ich die Reise bereits gebucht hatten, dachte ich, ich nutze die Gelegenheit, mir in der idyllischen Natur Montanas zu überlegen, wie es weitergehen soll. Wahrscheinlich ziehe ich zurück nach L. A., werde wohl in der Firma meines Dads arbeiten."

„Du bist aus L. A.?" Vernons dunkle Augen glänzten. „Ich will nach San Diego ziehen. Meine Freundin wohnt dort, sie ist Meeresbiologin."

„Wirklich? Wow, das ist ja beeindruckend."

„Ja, sie ist toll. Wir führen eine Fernbeziehung, aber ich hoffe, meine Kanzlei bald verkaufen zu können und dann umzuziehen. Ich bin nicht mehr der Jüngste."

„Du besitzt eine Kanzlei? Ich bin Anwältin. Doch ich schätze, ich brauche mich nicht bei dir zu bewerben."

„Nein, nur falls du sie kaufen möchtest." Er brach noch ein winziges Stück vom Kuchen ab, seufzte wieder selig, als er es in den Mund schob, und wirkte auf einmal sehr nachdenklich. „Ich wollte immer am Meer leben, persönliche Umstände haben mich in meine Heimatstadt zurückgebracht. Es war damals die richtige Entscheidung, und ich hätte nie gedacht, dass ich auf meine alten Tage noch jemanden kennenlerne und den Mut finde, ein neues Leben zu beginnen. Es ist nie zu spät."

„Nein, das ist es nicht. Mein Ex hat ein tolles Jobangebot an der Ostküste bekommen. Für mich war klar, dass ich nicht allein in Seattle bleibe, und für meine Eltern erst recht. Beide sind Anwälte und haben mich eigentlich nie gedrängt, in ihre Fußstapfen zu treten, aber ich hätte auch keinen Grund mehr, nicht nach Hause zu ziehen."

„An die Ostküste zu ziehen mit deinem Freund, kam nicht infrage?"

„Nein, es hat nicht gepasst. Wir hatten uns auseinander gelebt. Es war eine schöne Zeit gewesen, und ich bin froh, dass ich damals mit ihm gegangen bin." Ich nippte an meinem Pumpkin Spice Latte, genoss den zimtigen Geschmack. „Ich habe auch jemanden Neues kennengelernt", gestand ich Vernon.

„Aber?"

„Ich weiß nicht, ob ich den Mut habe, zu bleiben. Es ist noch ganz frisch und mein Dad erwartet mich im neuen Jahr in L. A. Kannst du mir Fernbeziehungen empfehlen?"

„Nein, wirklich nicht. Es gibt bestimmt Menschen, die sie mögen, für mich ist es nichts. Ich möchte mein Leben mit meinem Partner verbringen, nicht nebenher."

„Ja, so geht es mir auch."

Er tätschelte gutmütig meine Hand, bevor er seinen Kaffee austrank und sich verabschiedete. Ich hingegen nahm meinen Laptop aus meiner Tasche und sah mir Montana etwas genauer an. Der Staat war sehr weitläufig, und obwohl ich freie Stellen fand, lagen sie zu weit vom Resort entfernt, als dass sie es zulassen würden, dass wir eine richtige Beziehung führten.

Aber wahrscheinlich verrannte ich mich sowieso gerade in etwas. Hatte mich Amy nicht gewarnt, dass ich keine Gefühle investieren sollte? Und was tat ich hier? Stellen in Montana suchen. Besser, ich redete zuerst mit Cal, ob er sich denn vorstellen konnte, eine echte Beziehung zu führen. Allerdings kannte ich die Antwort bereits, er hatte sie mir klipp und klar gesagt. Er litt an Verlustängsten und war somit unfähig, sich auf einen anderen Menschen einzulassen.

Meine Zeit hier war begrenzt. Wehmut erfasste mich, denn wenn ich ehrlich war, wollte ich nicht nach Weihnachten abreisen. Seufzend packte ich meine Sachen, bezahlte den Kaffee und machte mich auf den Weg zum Supermarkt. Noch eine Woche würde ich Montana genießen und dann das Beste in L. A. machen. Wie ich Vernon erzählt hatte, ergab alles andere keinen Sinn. Und wer weiß, ob ich nicht auch eine neue Liebe finden könnte. Aber Amor verfolgte wohl einen anderen Plan, oder warum lief ausgerechnet wieder *Driving Home for Christmas* im Supermarkt? Sofort dachte ich an Cal und wie sehr ich ihn vermissen würde, wenn ich wegzöge. *Bloß nicht verlieben, Danny.* Hoffentlich war es dafür nicht bereits zu spät.

Den rügenden Blick hätte sich meine Schwester Valerie sparen können. Ich war nicht absichtlich so spät zu Chrissys Schulaufführung dran. Wir saßen in der fünften Reihe, ich ganz am Rand, was mir persönlich sehr zusagte. Die Holzstühle waren dicht aneinandergereiht und für meine Größe von einem Meter neunzig viel zu klein. Bestimmt stöhnten Onkel Vernon und mein Schwager genauso wie ich. Leider war es zu spät, auch nur ein paar Worte zu wechseln, denn der Saal verdunkelte sich, ein einzelner Spot ging auf der Bühne an. Ein Schüler, ich schätzte ihn älter als Chrissy, vielleicht zehn Jahre, trat auf die Bühne und verkündete: „Herzlich willkommen zu unserer Schulaufführung von Charles Dickens' ‚Die Weihnachtsgeschichte'."

Er verbeugte sich, bevor er hinter den Vorhang trat, der sich unter unserem Applaus öffnete. Der Junge saß jetzt in der Rolle eines Vaters mit seinen drei Kindern und seiner Frau in einem maroden Haus und beklagte den bitterkalten Winter und dass sie kein Geld hatten.

Die Geschichte um den einsamen und verbitterten Scrooge, dem im Schlaf drei Geister erschienen, war ein Schulklassiker. Ein Geist zeigte Scrooge, wie er als Kind und junger Erwachsener gewesen war, bevor er seine große Liebe verloren hatte. Der zweite Geist nahm ihn mit in die Gegenwart und der dritte in die nahe Zukunft.

Im Gegensatz zu meinen Schwestern hatte ich als Kind nie in einem Schultheater mitgespielt. Doch das Thema des Stückes berührte mich mehr, als es sollte. Ich war weder verbittert noch einsam. Aber während der gesamten Aufführung kreisten meine Gedanken um meine Kindheit, wie sie vor dem Unfall unserer Eltern gewesen war. Damals hatte sich alles um die Schule, meine Freunde und vor allem um meinen Dad gedreht. Wenn er abends mit mir gespielt hatte, war ich der glücklichste Junge der Gegend gewesen. Mein Leben war bunt gewesen, genau wie auf der Bühne Scrooge in einem Farbenmeer eintauchte, als er seine Vergangenheit besuchte. Sein Hier und Jetzt war hingegen grau und trostlos. Wie meins? Nein, natürlich nicht!

„Da, sieh nur!" Valerie stieß mich in die Seite, als ob ich meine Nichte verpassen könnte. Chrissy stand in einem knallroten Kleid vor Scrooge, erklärte ihm, was er für ein toller Bruder gewesen war, und umarmte ihn fest. Derweil drückte Valerie meine Hand, und ich konnte auch erkennen, wie sie sich mit der freien Hand über das Gesicht wischte.

Nicht nur Chrissy hatte einen Auftritt, sondern auch Jackson. Alle Kindergartenkinder, um genau zu sein. Sie standen etwas abseits der Bühne und sangen Weihnachtslieder. Unterstützt wurden sie durch den Schulchor. Emotional und kitschig und obwohl ich gerne hier war, wühlte mich der Abend auf. Immer wieder wurde ich getriggert, wäre am liebsten auf die Bühne gestürmt, hätte Scrooge geschüttelt, dass er endlich aufwachte, nicht in der Vergangenheit verharrte und dass es nicht zu spät wäre, sein Leben zu ändern. Oder ging es gar nicht um Scrooge, sondern um mich? Ich war glücklich, hatte tolle Freunde und ein sehr erfolgreiches Resort in Rekordzeit aufgebaut. Außerdem war da noch Danny, ich konnte es nicht erwarten, zu ihr nach Hause zu fahren. Es dauerte erschreckend lang, bis ich begriff, dass wir gar kein richtiges Paar waren, eine Beziehung für meine Familie spielten. Die Menschen, die hier saßen und Chrissy und Jackson zusahen und vor Rührung weinten, belügen würden. Aber was sollte ich sonst tun? Ich würde nie selbst ein Dad sein und meinem eigenen Kind zujubeln, während meine Frau ein paar Tränen verdrückte. Warum nicht? Dannys Strahlen nach der Schlittenfahrt schob sich vor mein geistiges Auge und auch ihr unperfekt perfekter Weihnachtsbaum. Es war offensichtlich, mit wie viel Liebe sie ihn geschmückt hatte. Mit meinen eigenen Figuren, die ich so geschnitzt hatte, wie es mir mein Dad beigebracht hatte. Meine Vergangenheit und die Gegenwart begannen sich zu vermischen und zeigten in eine neue, sehr liebenswerte Zukunft.

Als tobender Applaus aufbrandete, die Zuschauer sogar aufstanden, bemerkte ich erst, dass ich den Schluss verpasst hatte. Rasch erhob ich mich, klatschte laut und pfiff sogar durch die Finger, als sich die Kinder alle am Bühnenrand versammelten und verbeugten. Valeries prüfenden Blick ignorierte ich. Kaum ging das Licht in der Halle an, drängte sie mit meiner Familie im Schlepptau zur Bühne. Ein nachdenklicher Onkel Vernon blieb mit mir zurück.

„Hey, alles in Ordnung?“, fragte ich ihn.

„Ja, natürlich. Gut, dass ich dich fünf Minuten allein erwische.“

„Wahrscheinlich werden es nur zwei Minuten sein“, antwortete ich amüsiert mit Blick auf den Trubel im Saal. „Schieß los.“

„Ich habe beschlossen, die Kanzlei zu schließen. Ende des Jahres.“ Er atmete tief aus, als ob es eine Kraftanstrengung gewesen wäre, mir das zu sagen.

„Was? Aber ich dachte, du suchst einen Käufer.“

„Ich finde keinen und ich will nicht länger warten. Mir ist heute klar geworden, dass ich mein Leben nicht von Bedingungen abhängig machen sollte.“

„Ach ja?“

„Ja, ich hatte ein sehr interessantes Gespräch im Café.“

„Wegen eines interessanten Gespräches im Café schließt du von heute auf morgen deine Kanzlei?“

„Nein, wegen Olivia. Ich bin kein Mensch für Fernbeziehungen. Und wenn ich schon eher den Mut gefunden hätte, hätte ich den Schritt vor Jahren gewagt. Sich zu verbiegen dient niemandem, schon gar nicht einem selbst. Und es wird höchste Zeit, dass ich aufhöre, mich zu belügen, und endlich das tue, was ich wirklich möchte.“

Klang es nur in meinen Ohren so, als ob sich

Onkel Vernon für mich geopfert hätte? Vor dem Tod meiner Eltern hatte er bereits in Südkalifornien gelebt, wenn auch nur für kurze Zeit. Wen oder was hatte er für mich zurückgelassen? Eine andere „Olivia"? Wut und Reue stürmten gleichzeitig auf mich ein.

„Natürlich, das solltest du tun." Meine Stimme klang kalt, zudem steckte ich meine Hände in die Hosentaschen. Schaffte automatisch Distanz.

„Ma hat mir erzählt, dass du jemanden kennengelernt hast? Ich freue mich für dich, Cal."

„Danke."

„Onkel Cal! Onkel Cal! Hast du gesehen, wie schön mein Kleid ist? *Ich werde dich für immer lieben, Scrooge*", zitierte Chrissy ihren Text, als sie auf mich zugerannt kam. Ich ging in die Hocke, um sie aufzufangen, da kam auch ihr Bruder.

„Ich habe meinen Text nicht vergessen, ich habe meinen Text nicht vergessen", sang Jackson und hüpfte aufgeregt.

„Ihr wart beide toll! Los, kommt, das feiern wir mit einem Eisbecher bei *Sweet Cones*."

„Au ja!", jubelten die Kinder.

„Was ist denn hier los?" Valerie kam mit meinem Schwager und Grandma im Schlepptau zu uns.

„Wir fahren noch kurz bei *Sweet Cones* vorbei. Ich bringe die Kinder in einer Stunde nach Hause."

„Bitte, Mom, bitte." Chrissy gab sich alle Mühe, Valerie von meiner Idee zu überzeugen. Jackson hüpfte herum, für ihn war es beschlossene Sache, genau wie für die anderen. Mein Schwager käme nicht einmal auf die Idee, Einwände zu erheben. Gordon sah vielmehr so aus, als ob er uns gerne begleiten würde. Seinen sehnsüchtigen Blick versteckte er nicht.

„Also gut, eine Stunde. Seid brav", gab meine Schwester nach.

„Ja!" Ich schnappte mir Jackson, hob ihn auf meine Schultern und nahm Chrissy bei der Hand. „Bis später!"

Wir rannten aus der Halle, während Chrissy lachte und Jackson „Schneller, schneller" rief.

„Chrissy, wo sind eure Jacken?"

„Ich hole sie, bin gleich zurück." Chrissy eilte zur Treppe, die ins Untergeschoss führte, während ich Jackson herunterließ und mit ihm meine eigene Jacke vom Haken nahm. Ein Vorteil, dass ich so spät gekommen war, war, dass ich jetzt nicht lange suchen musste.

„Hast du mir etwas mitgebracht, Onkel Cal?"

„Weiß nicht, vielleicht ist da ja etwas in meiner Tasche."

Vergnügt klatschte Jackson in die Hände, bevor er meine Jacke, die ich ihm hinhielt, durchsuchte. „Was ist es? Ein Kätzchen? Ein Hund? Ein Schaf?"

„Ein Schaf? Hm, das ist ja mal ein interessanter Wunsch. Such mal in der Außenta …"

„Ich hab's. Was ist das?" Er hielt nicht nur meine Geldbörse, sondern auch ein Stück Holz in der Größe eines Schokotalers in der Hand.

„Wow, was ist das? Ein Kleeblatt? Ich will auch eines haben, Onkel Cal.“ Chrissy keuchte, als sie sich zu uns gesellte. Das war keine von meinen Schnitzereien. „Da steht was! Was steht da?“, fragte sie aufgeregt.

Beide Kinder hielten das Kleeblatt so dicht vor ihre Nasen, dass ich gar nichts erkennen konnte. „Moment, lasst mich mal sehen.“

In filigraner Schrift stand darauf: *Damit dich das Glück nie mehr verlässt. Danny.*

„Ähm …“ Ich schluckte. *„Ich bin dein Glücksbringer,* steht drauf“, flunkerte ich.

„Ich will auch so einen“, verlangte Chrissy.

„Ich auch!“, stimmte Jackson zu.

„Klar, mache ich euch. So, lasst uns fahren.“ Die Vorhalle füllte sich rasch, ich wollte hier weg.

Im Auto gab ich den beiden ihre geschnitzten Tiere, einen Löwen für Chrissy und einen Tiger für Jackson.

„Mein Zoo ist fast fertig. Mir fehlt noch die Giraffe“, erklärte Chrissy.

„Ich will einen Elefanten und ein Schaf“, meinte Jackson.

„Du bist dumm, im Zoo gibt es kein Schaf“, zog Chrissy ihren kleinen Bruder auf.

„Gibt es wohl.“

„Nein, gibt es nicht.“

„Kinder, in eurem eigenen Zoo könnt ihr alle Tiere haben, die ihr wollt. In fünf Minuten sind wir da. Wisst ihr schon, welche Geschmacksrichtung ihr möchtet?"

„Schoko!", rief Chrissy.

„Kaugummi!", Jackson.

Also so wie immer. Schmunzelnd parkte ich den Wagen wenig später vor dem Eiscafé. Doch ich war nicht bei der Sache, meine Gedanken sprangen von Onkel Vernons Wegzug zu Danny und zurück. Beide würden in wenigen Tagen mein Leben verlassen. Kalifornien lag nicht am Ende der Welt, nur hätte ich gar keine Zeit, sie zu besuchen. Eine Fernbeziehung kam ebenfalls nicht infrage, nicht einmal eine richtige Beziehung. Was gut war. Doch das stimmte gar nicht mehr. Denn wenn ich mir mein Leben im neuen Jahr vorstellte, kam es mir leer vor. Daran konnten auch meine vielen Pläne für das Resort nichts ändern. Meine Arbeit reichte mir nicht mehr.

„Onkel Cal?"

„Ja, Jackson."

„Gehen wir am Wochenende Schlitten fahren?"

„Daddy hat keine Zeit", ergänzte Chrissy, während sie genüsslich an ihrem Eis leckte.

„Klar."

„Und einen Schneemann bauen? Können wir bei dir übernachten?"

„Nein, Mommy hat gesagt, es kommt ein Sturm."

„Lass mich mal die Wetterprognose checken." Ich zückte mein Handy, während ich mir gleichzeitig überlegte, was ich mit Danny machen sollte, falls die

Kinder wirklich bei mir übernachteten. Ich konnte sie ja schlecht ausquartieren und ich wollte es auch gar nicht. Es war nicht abgemacht, dass ich Danny jetzt schon meiner Familie vorstellte, aber würde es wirklich schaden? Vielleicht war es sogar eine gute Idee, sie langsam einzuführen. „Neuer Schneefall ist für den Abend gemeldet, danach sind die Straßen wohl erst mal dicht. Was haltet ihr davon, wenn wir uns morgen früh treffen, so gegen zehn? Dann sehen wir weiter."

„Au ja!" Chrissy stand auf, um mich spontan zu umarmen, während mich Jackson mit seinem verschmierten Mund anlächelte. „Du bist der beste Onkel!"

Unweigerlich dachte ich dabei an Vernon. Auch er hatte diesen Titel innegehabt, nur im Gegensatz zu mir musste er auch meinen Dad ersetzen. Wie sehr er seine eigenen Bedürfnisse hintangestellt hatte, war mir nie klar gewesen. Statt sauer zu sein, dass er sein Leben lebte, sollte ich mich bedanken, dass er so viel geopfert hatte. Fiel mir ja reichlich früh ein. Aber besser spät als nie.

KAPITEL 9

DANIELLE

Ich wachte davon auf, dass sich mein Bett bewegte. „Hi“, murmelte ich verschlafen, während mich Cals einzigartig holziger Geruch umhüllte. Wie mich Cal im Schlaf hielt, gefiel mir zudem sehr. Er küsste meine Schulter.

„Hi.“

Noch ein Kuss und noch einer. Ich spürte seine Hand auf meinem Bauch, wo sie kleine Kreise über dem Stoff meines Schlaf-Shirts zeichnete.

„Wie war der Abend?“, fragte ich bereits ein wenig atemlos und drückte mich mit dem Rücken enger an ihn. Mein Po streifte seinen Schwanz. Er war steinhart. Ein wohliger Schauer erfasste mich.

„Gut. Deiner?“ Er schob meine Haare zur Seite, um mich seitlich am Hals zu küssen.

„Gut“, keuchte ich und wurde fast wahnsinnig von seinen sanften Berührungen an meinem Bauch.

„Danke für das Kleeblatt“, hauchte er mir ins Ohr,

bevor er zärtlich daran knabberte. Seine Hand wanderte tiefer, über meine Hüften, bis er am Saum meines Shirts angekommen war. Quälend langsam schob er das Shirt hoch.

„Du hast es gefunden. Gefällt es dir? Es ist nicht perfekt. Ich übe noch ein bisschen, dann bekommst du ein neues.“ Ein Stöhnen entwich mir, als er mich auf den Rücken drehte, gleichzeitig mein Shirt hochschob und meine Brüste umfasste.

„Es ist perfekt. Ich will kein anderes.“ Cals Mund umschloss meinen rechten Nippel, während er meinen linken zwirbelte. Es war im Zimmer dunkel, ich hatte die Vorhänge zugezogen. Vielleicht reagierte ich darum so stark auf ihn, weil ich ihn nicht sehen konnte. Doch Cal zu spüren, das Muskelspiel seiner Schultern und Arme, seines Rückens, die Kraft in ihm war berauschend. Als ich es kaum mehr aushielt, ihn nicht endlich tief in mir zu spüren, beugte sich Cal über mich. Offenbar um das Kondom zu holen, denn kurz darauf hörte ich das vertraute Rascheln, gefolgt vom Zerreißen einer Plastikfolie. Als er sich auf mich legte, spreizte ich meine Beine. Ihn dabei zu küssen, wenn er in mich eintauchte, wäre die Kirsche auf der Sahne. Auch jetzt schien Cal meine Gedanken zu lesen, denn während er sich Zentimeter für Zentimeter in mich schob, küsste er mich.

Spürte nur ich dabei unsere tiefe Verbundenheit? Bildete ich mir wirklich alles bloß ein? Oder investierte ich beim Sex einfach immer Gefühle und verwechselte dabei Lust mit Liebe? Jetzt hätte ich gerne das Licht eingeschaltet und in Cals Augen gelesen, was er gerade empfand.

„Lass los, ich fang dich auf. Immer …“, spukte seine Stimme in meinem Kopf herum, während mich Cal so rasch an den Rand meines Orgasmus trieb, dass mir schwindlig wurde. Als er seine Hüften anhob und komplett aus mir herausglitt, wollte ich bereits protestieren. Da tauchte er mit zwei Fingern wieder in mich ein, krümmte sie und stimulierte gleichzeitig mit seinem Daumen meine Klit. Im nächsten Atemzug ersetzte er seine Finger durch seinen Schwanz, und ich kam, als er in einer raschen Bewegung wieder komplett in mir eintauchte.

„Fuck!“ Und offenbar riss ich Cal gleich mit. Ich legte meine Beine um seine Hüften, drückte meine Füße auf seinen Po, während er tief in mir pulsierte und meine Mitte sich immer noch um ihn zusammenzog. Nur langsam kamen wir von unserem Höhepunkt herunter.

„Nein, perfekt würde ich sagen“, antwortete ich.

Ein letzter langer Kuss, von dem ich mir wünschte, dass er nie enden würde, bevor sich Cal zurückzog, um kurz im Bad zu verschwinden. Er hätte auch in seinem eigenen Bett schlafen können, aber er kam kurz darauf zurück und hielt mich, bis wir das nächste Mal übereinander herfielen. Was seine Liebessprache war, hatte ich längst erkannt – Berührungen. Er suchte vor allem in der Nacht meine Nähe. Nur hieß das leider nicht, dass er auch in mich verliebt war.

„Verdammt! Wir haben verschlafen!“ Unsanft wurde ich am nächsten Morgen geweckt, als Cal aus dem Bett stürmte.

„Es ist Samstag, wo müssen wir denn hin?“, fragte ich irritiert, aber Cal war schon aus dem Zimmer gerannt. Ich zog mir mein Höschen und ein Shirt über und schlurfte nach einem Abstecher ins Bad in den obersten Stock. Wasser rauschte, Cal war bereits unter der Dusche. „Wo müssen wir denn hin?!“, wiederholte ich.

„Meine Nichte und mein Neffe sind bald hier!“ Er stellte das Wasser ab, öffnete die Duschkabine und griff sich ein Handtuch. „Wir gehen auf dem Hügel neben dem Haus Schlitten fahren.“

„Was? Oh … ja … dann beeile ich mich.“ Er wollte mich hier mit Sicherheit nicht haben, wenn er Besuch bekam. Also musste ich mir schnell überlegen, wo ich meine Zeit heute verbringen sollte. „Ich meine, ich habe sowieso noch Sachen zu erledigen. Ich bin in zehn Minuten weg.“

Was mir Cal hinterherrief, verstand ich nicht, aber es spielte keine Rolle, denn in dem Moment klingelte die Türglocke. Ich hatte wohl noch nie so zügig geduscht. Meine Haare flocht ich zum Zopf, schlüpfte hastig in dicke Socken, Jeans, eine Bluse und einen warmen Pulli und packte auch gleich meinen Laptop in meine Umhängetasche. Wenn ich Glück hatte, war Cal schon draußen. So könnte ich unbemerkt meine Schuhe und meine Jacke holen. Frühstücken würde ich einfach im Resort und danach weitersehen. Zwar hatte ich mir meinen Samstag anders vorgestellt, aber ich sollte mir ohnehin dringend überlegen, wie ich mein Leben in L. A. gestalten wollte. Wenn sich nur nicht alles in mir sträuben würde, überhaupt hinzuziehen. *Reiß dich zusammen, für Dad zu arbeiten, ist kein Weltuntergang.* Nein, nur wollte ich nie bloß Daddys Tochter sein, sondern ich selbst. Also eine andere Stelle in L. A. suchen? Das wäre ja komplett unsinnig.

Wenigstens kam ich unentdeckt aus dem Haus. Im Hotel ging ich direkt ins Café. Nach einem herzhaften Frühstück fiel mir bestimmt endlich eine Lösung ein.

„Vernon! Was für eine Überraschung." Ich entdeckte meinen neuen Bekannten sofort am Fenster sitzen.

„Danielle! Was machst du denn hier?"

„Ich wollte dich gerade dasselbe fragen, aber ich sehe schon, du trinkst Kaffee. Ich wollte frühstücken."

„Setz dich zu mir." Hocherfreut stand Vernon auf und rückte mir den Stuhl ihm gegenüber zurecht.

„Danke, sehr gerne."

Vernon nippte an seinem Kaffee, während ich kurz die Menükarte studierte und mich dann für Rührei und Avocado-Toast entschied. Dazu gönnte ich mir noch einen Blaubeermuffin und einen Cappuccino. „Ich bin ausgehungert", gestand ich, nachdem ich bestellt hatte.

„Lange Nacht?", fragte mich Vernon augenzwinkernd.

Ich konnte gar nicht verhindern, dass ich rot wurde. „Ja, also … Er ist schon toll." Und ich spürte wieder Hitze in mir aufsteigen.

„Das freut mich. Übrigens habe ich beschlossen, meine Kanzlei zu schließen und nicht länger nach einem Verkäufer zu suchen. Ende des Jahres ist Schluss."

„Wow, wirklich? Das sind ja nur noch zwei Wochen."

„Ja, aber da ich schon einige Jahre allein arbeite, nur eine Assistentin und eine Buchhalterin Teilzeit beschäftige, sollte es kein Problem sein."

„Ah, du bist fast so etwas wie eine One-Man-Show."

Er lachte auf. „Das klingt viel aufregender, als es ist. Aber ja, ich war immer gerne mein eigener Chef. Als ich jünger war, hatte ich zehn Angestellte, wir waren die erste Adresse in Greenlake und Umgebung, konnten praktisch jeden Zweig abdecken. Ich biete heute vor allem Vertragsrecht an. Bist du denn weitergekommen?"

„Ich habe Stellen gesucht bis hoch nach Helena, doch das gleicht ja wieder einer Fernbeziehung. Alles in Montana ist so weitläufig." Mein Essen wurde serviert, über das ich auch gleich herfiel. „Himmel, das ist so lecker. Köstlich."

„Du suchst also wirklich in und um Greenlake eine Stelle? Habe ich das richtig verstanden? Dein Freund ist von hier?"

„Ja, genau. Es ist alles noch so frisch, wir haben nicht darüber gesprochen, dass es eine Möglichkeit wäre, dass ich bleibe. Im Moment geht er davon aus, dass ich nach Weihnachten abreise."

„Also ganz hypothetisch, jetzt, da du weißt, dass ich meine Kanzlei allein betreibe, wäre es eine Option für dich, sie zu übernehmen? Auf welches Fachgebiet hast du dich spezialisiert?"

„Arbeitsrecht, Vertragsrecht, Wirtschaftsrecht und alles, was damit zusammenhängt. Schuldbetreibungen, Insolvenzrecht …" Ich stoppte. „Mit Familien- oder Strafrecht bin ich nur im Studium in Kontakt gekommen und wegen meiner Mom, sie ist darin Expertin. Also im Familienrecht."

„Ich verstehe." Vernon nippte nachdenklich an seinem Kaffee. „Was hältst du davon, mit mir in die Stadt zu fahren und dir meine Kanzlei anzusehen?"

„Dein Büro, in dem du die meiste Zeit deines Lebens verbringst? Gibt es mehr als einen Tisch, Stuhl und ein paar Aktenschränke zu sehen?"

„Ich versuche, so viel wie möglich elektronisch zu erledigen, ich bin ja nicht von gestern."

„Wie alt bist du, Vernon?"

„Fast siebzig. Aber meine Mutter ist über neunzig und lebt weiterhin allein zu Hause. Somit habe ich noch viele gute Jahre vor mir." So glücklich, wie er bei dieser Aussage wirkte, wünschte ich es ihm von ganzem Herzen.

„Also gut, dann fahren wir nach dem Frühstück in die Stadt. Ich muss sowieso noch ein paar Stunden rumkriegen."

„Warum das denn?"

„Das ist eine etwas komplizierte Geschichte. Ich erzähle sie dir das nächste Mal."

„Ich freue mich."

Und ich fand es schade, dass Vernon bald wegziehen würde. Ich mochte ihn, er wäre bestimmt ein guter Freund geworden.

Calvin

Umpfh, direkt in die Schneewehe.

„Noch einmal, Onkel Cal, noch einmal!", rief Jackson, der uns mit seinem Gezappel in der letzten Kurve ordentlich in Schieflage gebracht hatte.

„Moment, lass mich zuerst … warte …" Während Jackson mühelos abgesprungen war, versuchte ich den Schlitten und mich selbst zu entwirren. Zum Glück trugen wir Helme und noch besser waren wir allein, denn die Kids hätten jeden umgenietet. Wir fuhren auf dem Hang neben meinem Haus. Die Strecke war eigentlich perfekt, nur die zwei letzten Bodenwellen hatten es in sich. Autsch!

„Ich bin schon oben!“, rief Chrissy, die gerade mal geschätzt fünf Sekunden Vorsprung hatte und ich mit wenigen Schritten eingeholt hätte.

„Komm schon, Onkel Cal, sonst gewinnt Chrissy!“ Jackson zerrte an mir. Wie schon die vorigen Male driftete mein Blick nicht nur zum Haus, um zu sehen, ob Danny zurück war, sondern auch zum sich zuziehenden Himmel. Ich hatte Danny zugerufen, dass sie bleiben solle, aber offenbar hatte sie mich nicht gehört und das Weite gesucht. Oder hatte sie mich verstanden und war dennoch gegangen? Konnte auch sein.

„Geh schon mal hoch, ich komme gleich nach“, wies ich Jackson an, der seiner Schwester hinterherhetzte. Während ich ihm folgte, zückte ich mein Handy und rief die Wetterwarnseiten auf.

„Nur noch eine Runde, dann müssen wir aufhören. Ich rufe Onkel Vernon an, dass er sich bereithält.“ Es klingelte und klingelte, doch keiner ging ran. Wo steckte er denn? Hatte er nicht im Resort warten wollen?

„Nur noch eine Runde?“, maulte Chrissy.

„Och nee.“ Auch Jackson war enttäuscht.

Verärgert sah ich über meine Schulter, bis jetzt war der Himmel bloß bewölkt, das konnte sich jedoch sehr rasch ändern. „Noch eine Runde, dann mache ich euch eine heiße Schokolade. Wenn sich

Vernon bis dann nicht gemeldet hat, fahre ich euch nach Hause."

„Übernachtest du dann bei uns?", fragte Chrissy aufgeregt.

„Du kannst in meinem Bett schlafen", bot Jackson großzügig an.

„Wir werden sehen." Ich hatte es nicht vor. Schließlich wartete bei mir zu Hause im Bett eine Alternative, die ich nicht missen wollte. „Los, wer der Erste ganz oben ist, kriegt eine Extraportion Marshmallows."

„Und wer zuerst unten ist?", fragte Jackson weinerlich. Er dachte, er würde verlieren, aber natürlich stimmte das nicht. Denn ich packte ihn an der Taille und rannte mit ihm und dem Schlitten so schnell ich konnte den Berg hinauf.

„Das gilt nicht, das gilt nicht!", rief Chrissy aufgebracht, während Jackson „Schneller, schneller" kreischte. Kurz vor dem Ziel tat ich so, als ob mir die Puste ausgehen würde, und als Chrissy uns eingeholt hatte, rannten wir zusammen die letzten Schritte.

„Das war lustig. Wir haben beide gewonnen." Chrissy setzte sich bereits auf ihren Schlitten, während ich Jackson vor mich auf unserem platzierte.

„Wer zuerst unten ist, bekommt noch eine Extraportion Gummibärchen."

„Jaaaaa!" Chrissy flitzte augenblicklich davon.

„Sie gewinnt! Los, Onkel Cal, Chrissy gewinnt!"

Nein, würde sie nicht, denn wir waren viel

schwerer, und ich wusste, wie weit ich sie vorlassen musste, dass wir wieder gleichzeitig ankamen. Also los, ich holte einen Schritt Anlauf und schon sausten wir den Hang hinab.

„Wohooo! Wohooo!“

Jacksons Freude war ansteckend. Immer. Ich liebte unsere Zeit allein wohl auch so sehr, weil ich immer Onkel Cal war. Nicht der Junge von damals. Mit den beiden gab es mich nicht jünger als dreiundzwanzig. Es war befreiend und ich genoss jede Sekunde davon.

„Wir gewinnen, wir gewinnen!“

„Nein, ich bin schneller!“ Aber Chrissy wurde auf den letzten Metern langsamer und ich stoppte einfach genau neben ihr.

„Unentschieden, schon wieder. Hm, dann gibt es wohl für alle extra Marshmallows und Gummibärchen.“

„Ja!“

„Zuerst müssen wir die Schlitten in die Garage bringen, schafft ihr das?“

Sie nickten beide und strahlten um die Wette. Die Wangen rosig, die Augen leuchteten. Als sie mich umarmten, ließ ich mich mit ihnen in den Schnee fallen. „Du bist der beste Onkel.“

„Der beste, beste“, stimmte Jackson zu.

„Danke, ihr seid die besten Kinder. So, aber jetzt los, ich rufe gleich Vernon nochmals an.“

Auch dieses Mal nahm er nicht ab. Wo steckte er denn bloß?

Im Haus waren die Kinder nicht zu bremsen. „Stiefel ausziehen und ordentlich hinstellen. Und dann geht ihr euch die Hände waschen." Wir hatten nicht viel Zeit, wenn sich Vernon nicht bald meldete, würde ich ein paar belegte Brote schmieren und die heiße Schokolade in Trinkbecher zum Mitnehmen füllen.

„Was ist das?", fragte Jackson, als er auf Socken in den Wohnraum schlitterte. Mitten im Zimmer blieb er mit offenem Mund stehen.

„Wow, hast du den geschmückt?" Chrissy stellte sich direkt vor den Weihnachtsbaum. „Das sind deine Figuren, guck mal, Jackson. Und Schokolade und Kekse."

„Ich will auch so einen haben", maulte Jackson.

„Eine Freundin hat ihn gemacht."

„Ich will auch eine Freundin haben", forderte Jackson.

Ich konnte mir ein Schmunzeln kaum verkneifen.

„Kann ich einen Keks essen?" Chrissy versuchte bereits, die Schnur zu lösen.

„Ich will Schokolade."

Und ich, dass Vernon endlich abnahm, wenn ich anrief. „Klar, aber nur ein Stück." Ich kümmerte mich in der Zwischenzeit um ihre Getränke und die versprochenen Marshmallows und Gummibärchen.

„Was ist denn das?" Chrissy stand auf einmal neben mir, als ich meine Süßigkeitenvorräte durchging.

„Schokorosinen." Es mussten Dannys sein, ihre Nervennahrung.

„Darf ich eine haben?", fragte Chrissy aufgeregt.

„Ich will auch!" Natürlich war Jackson nicht weit. Bevor ich antworten konnte, ging die Haustür auf. Vernons tiefe Stimme dröhnte zu uns rüber. *Baby, it's cold outside* und dann noch tiefer *Baby, it's cold outside*. Eine hellere Stimme kicherte, bevor sie ihm antwortete. Danny? Und sie sang mit Onkel Vernon ein Weihnachtslied?

Verdattert trat ich aus der Küche und ging zur Diele, dicht gefolgt von Chrissy und Jackson. Vernon und Danny kicherten, sangen falsch, dafür voller Inbrunst und tanzten sogar noch dazu.

„Dich kenne ich!", rief Jackson plötzlich, sodass die beiden in der Bewegung innehielten und zu uns sahen. „Du bist die Frau mit den Barbiepuppen im Baum und S'mores!"

„Barbiepuppen?" Chrissy trat neugierig einen Schritt auf sie zu.

„Hi, ich bin Danny." Sie kam näher, schüttelte beiden die Hand, während sich Vernon räusperte.

„Ja, Kinder, wir wussten nicht, dass ihr schon fertig seid. Jedenfalls ist das gut. Da braut sich etwas zusammen, wir müssen leider los", behauptete Vernon.

„Och, wie schade. Kommst du mit, Danny?", lud Chrissy sie gleich ein.

„Was? Nein, ich meine, wir sehen uns ja zu Weihnachten."

„Wirklich? Bist du Onkel Cals Freundin? Bekomme ich eine Barbiepuppe?“ Chrissy hüpfte aufgeregt auf und ab, während Jackson johlte. „Ich bekomme den besten Tannenbaum, ich bekomme den besten Tannenbaum und ganz viel S’mores.“

Vernon nickte mir lächelnd zu, während Danny meinen Blick suchte. Sie wirkte verunsichert, darum biss sie sich wohl auf die Unterlippe.

„Ich kümmere mich um den Proviant. Gebt mir fünf Minuten. Geht euch schon einmal anziehen, Kinder“, überging ich jegliche Fragen. Dabei würde ich liebend gern Vernon und Danny ausquetschen, wieso sie zusammen ausgelassen sangen und tanzten. Sie waren Fremde. Oder nicht?

„Kann ich wirklich auch so einen tollen Weihnachtsbaum haben?“, hakte Jackson nach.

„Ich will Barbiepuppen“, forderte Chrissy lautstark.

Während Jackson und Chrissy Danny belagerten, machte ich mich an die Arbeit.

„Hattet ihr euren Spaß?“ Vernon war mir gefolgt.

„Ich hatte dich angerufen, warum bist du nicht ans Telefon gegangen?“

„Ich war bereits auf dem Weg hierher.“ Er zuckte mit den Schultern, bevor er sich im Wohnbereich umsah. Dannys Handschrift war unverkennbar, nicht nur wegen des Weihnachtsbaums, sondern weil es hier nach Plätzchen roch und sie Kräutertöpfchen aus dem Supermarkt aufgestellt hatte. Das Haus wirkte bewohnt, zum ersten Mal. „Ich wusste nicht, dass Danielle und du …“

„Woher kennt ihr euch?“ Ich schmierte Brote, hörte das Lachen in der Diele, doch innerlich war ich komplett aus dem Gleichgewicht. Ich hatte alles ganz anders geplant.

„Aus dem Café in der Stadt. Wir sind ins Gespräch gekommen und eines hat zum anderen geführt.“ Klang ja ganz harmlos. Während ich zwei Brotdosen befüllte und die Trinkbecher bereit machte, ratterte es jedoch in meinem Kopf.

„Moment, ist sie diejenige, die dich dazu gebracht hat, deine Kanzlei zu schließen?“, entfuhr es mir.

„Ich habe Hunger.“ Jackson stand fertig angezogen mit seiner Schwester im Wohnbereich. Danny und Onkel Vernon tauschten erschrockene Blicke aus, bevor sich Vernon räusperte. „Kinder, nehmt euer Essen und dann nichts wie los. Ich melde mich, wenn wir angekommen sind. Bis später!“

„Tschüss, Onkel Cal.“ Chrissy und Jackson drückten mich kurz, schnappten sich ihren Proviant und hetzten hinter Onkel Vernon aus dem Haus. Als die Tür zuschlug, war es gespenstisch still.

„Es ist nicht so, wie du denkst.“

„Was denke ich denn? Kannst du jetzt schon in meinen Kopf sehen? Aber gut, dann klär mich mal auf. Denn ich kann mich noch sehr genau daran erinnern, wie mir Onkel Vernon erst gestern Abend erzählt hat, dass er in zwei Wochen verschwindet. Offenbar dank dir.“

„Er zieht nach San Diego zu seiner Lebenspartnerin, er löst sich nicht in Luft auf. Außerdem steht es schon länger zur Diskussion."

„Schön, dass du deinen Humor noch nicht verloren hast. Aber ich finde gar nichts Witziges an der Situation. Und ich weiß, dass er nur wegen mir hiergeblieben ist. Keine Angst, ich habe auch ohne dein Zutun ein schlechtes Gewissen deswegen." Wütend warf ich den Wischlappen, nach dem ich gegriffen hatte, zurück auf den Küchentresen. Ich konnte später aufräumen und putzen.

„Er ist geblieben, weil er dich liebt und weil sich Olivia neben ihrer Arbeit um ihre kranke Schwester gekümmert hat."

Olivia hatte eine kranke Schwester? Wieso hörte ich zum ersten Mal davon?

„Ach und du weißt ja wohl jetzt wirklich alles. Dabei mischst du dich in Dinge ein, die dich nichts angehen. Wir hatten eine Abmachung, nicht mehr und nicht weniger." Ich war so in Fahrt, konnte nicht aufhören, verbal um mich zu schlagen. Meine Welt war komplett aus den Fugen geraten, ich wollte, dass ich wieder die Kontrolle erlangte, um jeden Preis.

„Eine Abmachung?" Sie lachte bitter auf, während sie näher kam. „Und dazu gehörten auch die Küsse und der Sex? Aber nicht zu viele Emotionen, nur so viel, dass wir ein glaubwürdiges Paar abgeben." Sie fasste sich am Kinn, als ob sie angestrengt nachdenken würde. „Immer alles hübsch in den Grenzen, die du absteckst. Ich verrate dir jetzt mal ein

Geheimnis: Das Leben funktioniert so nicht. Menschen funktionieren so nicht und du kannst nicht alles und jeden kontrollieren."

„Bist du fertig?"

„Nein, wenn wir schon mal dabei sind, ehrlich miteinander zu reden, kann ich dir auch sagen, dass ich glaube, dass du eine Therapie machen solltest. Auch andere Menschen haben schwere Schicksale erlebt und konnten lernen, damit zu leben und wieder positiv in die Zukunft zu blicken."

„Du redest aus Erfahrung? Soweit ich weiß, sind deine größten Probleme, dass du nicht für Daddy arbeiten und deine Großtante nicht enttäuschen willst. Ein Leben wie in Disneyland." Meine Stimme war gehässig und kalt. Ich wusste, dass ich Danny unrecht tat und sie verletzte, nur konnte ich nicht aufhören. Als ob ich dadurch die Zeit zurückdrehen könnte, zu meinem Leben vor Danny. Damals war alles geregelt verlaufen.

„Schön, dann eben nicht. Suhl dich doch weiter in Selbstmitleid." Sie ließ mich stehen, rannte die Treppe hoch und knallte die Tür zu ihrem Zimmer zu.

Was maßte sie sich bloß an? Das musste ich mir nicht anhören, zum Glück war sie von allein gegangen. Und besser, wir sahen uns die nächsten Stunden nicht.

Ich zog mich ebenfalls in mein Schlafzimmer zurück, schloss die Tür und stellte mich danach ans Fenster. Die Schlechtwetterfront zog so rasch auf, wie ich es befürchtet hatte. Vernon müsste bereits auf der halben Strecke nach Greenlake sein, bestimmt würde er mich bald anrufen.

Ich versuchte mich zu beruhigen, die Bilder von verunfallten Autos aus dem Kopf zu bekommen, während es draußen immer dunkler wurde. „Verdammt, melde dich schon, Vernon." Die Zeit schien sich im Zeitlupentempo zu bewegen, während die dunklen Wolken am Horizont den Turbo eingeschaltet hatten. Als die ersten Schneeflocken meine Fensterscheibe trafen, klingelte endlich mein Telefon.

„Seid ihr gut angekommen?", bellte ich ins Handy.

„Ja, ohne Probleme", antwortete Vernon heiter. „Ich habe die Kinder abgesetzt und bin noch kurz bei deiner Grandma vorbeigefahren. Sie lässt euch grüßen."

Wieso hatte er sich denn nicht gleich gemeldet, als er bei Valerie angekommen war, so wie versprochen? *Nur ruhig Blut.* Ich schloss die Augen, massierte meinen Nasenrücken und versuchte mein hämmerndes Herz unter Kontrolle zu bringen. Es war alles gut.

„Danny mag dich sehr."

„So, denkst du das wirklich?"

„Ja, natürlich. Habt ihr noch nicht miteinander gesprochen?"

„Worüber?"

Er räusperte sich. „Also du magst sie auch, oder?"

„Wieso interessiert dich das überhaupt? Außerdem ist sie nach Weihnachten weg."

„Was? Nein, vielleicht redest du einfach mal mit ihr. Und richte ihr bitte aus, dass ich auch nach L. A. kommen kann. Es ist kein Problem, ja? Machst du das bitte?"

„Natürlich, San Diego ist ja nicht weit von L. A." Meine Stimme triefte vor Sarkasmus. „Sag es ihr gefälligst selbst. Ihr habt doch bestimmt Nummern ausgetauscht. Schönen Abend noch."

Ich legte auf und warf mein Handy aufs Bett. Fuck! Das Gefühl, verlassen zu werden, raubte mir den Atem. Dunkle Punkte tanzten vor meinen Augen und ich konnte mich kaum mehr auf den Beinen halten. Während ich mich auf den Boden gleiten ließ, begann ich zu flennen. Zum ersten Mal ließ ich mich komplett gehen. Ich weinte um den kleinen Jungen, der ich mal gewesen war, um meinen Dad und natürlich auch meine Mom. Sie war die Beste gewesen, hatte mir immer vorgelesen und mit Dad geschimpft, wenn er den Teig für unsere Plätzchen aufaß. Ich vermisste sie, ich vermisste unser Weihnachten, ich vermisste ihre Liebe schon so verdammt lange. Fuck! Und niemand hatte sie ersetzen können. Keiner, nicht Onkel Vernon, nicht meine Großeltern. Niemand. *Aber das stimmt gar nicht mehr.* Zitternd atmete ich aus und wischte mir über das Gesicht. Es gab jemanden, der begann, alles besser zu machen. Und es wurde Zeit, Danny das zu sagen. Nachdem ich mich entschuldigt hatte.

Ich rappelte mich hoch, ging mir das Gesicht waschen und verließ mein Zimmer. Die Türen der Gästezimmer standen offen, da war niemand. Genauso leer war der Wohnbereich. Beunruhigt ging ich in die Garage, beide Autos standen dort, was mich wieder aufatmen ließ. Zurück im Haus bemerkte ich jedoch, dass Dannys Stiefel und die Jacke fehlten. War sie etwa zu Fuß raus? Oder …

Zwei Stufen auf einmal nehmend, eilte ich in den ersten Stock und in ihrem Schlafzimmer gleich zum Ankleidebereich. Die Bügel waren leer, ihr Koffer weg. Auch das Bad sah aus, als ob nie jemand hier gewesen wäre. Sie war weg. Nein, das konnte nicht sein. Hatte sie eine Nachricht hinterlassen?

Nach meinem Ausbruch konnte ich ihr nicht einmal verdenken, wenn es nicht so wäre. Der um das Haus pfeifende Wind ließ mich erschaudern. Ohne zu zögern, rannte ich hoch in mein Zimmer und griff nach meinem Handy, das auf dem Bett lag. Nachdem ich auf Dannys Namen gedrückt hatte, erklang sofort die Meldung: *„Der von Ihnen gewünschte Teilnehmer kann momentan nicht erreicht werden, bitte versuchen Sie es später noch mal.“*

Mist, was nun? Frustriert fuhr ich mir durchs Haar. Wo konnte sie hingegangen sein? Oder hatte sie ein Auto abgeholt? Ich hatte nichts mitbekommen. L. A! Vernon hatte L. A. erwähnt. Wollte sie etwa nach Hause?

Natürlich! Sie war bestimmt zum Flughafen. Mein Blick fiel nach draußen, wo dicke Schneeflocken mir komplett die Sicht versperrten. Es gab Motels in der Nähe des Flughafens. Gewiss war Danny dort. *Und sie ist bestimmt heil und sicher angekommen. Und was, wenn nicht?* Gänsehaut erfasste mich augenblicklich. Nein, die Geschichte wiederholte sich nicht.

Mit zittrigen Fingern wählte ich die Nummer vom ersten Hotel. Das *Sunset Plaza Motel* war das größte. Doch natürlich ging keiner ran, bestimmt herrschte an der Rezeption Chaos. Ich versuchte es bei vier weiteren, ohne Erfolg. Mein nächster Anruf ging an das Taxiunternehmen, das wir im Resort regelmäßig benutzten.

„Greenlake Airport Taxi, wie kann ich Ihnen helfen?", erklang eine helle Stimme nach dem dritten Klingelton.

„Hi, hier ist Calvin Meyers vom *Winter Dream Resort*."

„Hi, Cal, Billie Parker am Apparat."

„Hi, Billie." Ihre Grandma spielte Bridge mit meiner. Ein Glücksfall, dass sie heute Dienst hatte. „Hör zu. Hat eine Danielle Rawlins bei euch ein Taxi bestellt? Ich wollte nur sichergehen, dass sie gut am Zielort angekommen ist."

„Ich kann dir nicht sagen, ob sie mit uns gefahren ist. Aber alle Gäste sind sicher angekommen."

Erleichterung erfasste mich. Denn mit wem hätte Danny denn sonst fahren sollen? Gott sei Dank, es ging ihr gut. „Danke, das reicht mir so."

„Gern geschehen. Schönen Abend, Cal."

„Schönen Abend, Billie."

Nachdem wir uns verabschiedet hatten, rief ich hektisch die Flugpläne nach L. A. auf, alle Flüge waren gecancelt. Morgen Nachmittag ging der erste, für morgen Mittag war einer nach Seattle aufgelistet und am frühen Abend einer für Phoenix, Arizona. Toll, ich hatte überhaupt keine Ahnung, welchen Danny nehmen würde. Falls sie wirklich zum Flughafen gefahren war. Ich versuchte, sie nochmals zu erreichen und kam wieder nicht durch. Zurück in ihrem Schlafzimmer suchte ich nach Hinweisen. Sie war bestimmt überstürzt abgereist, somit könnte sie auch leicht etwas vergessen haben.

Da, auf dem Nachttisch. Bei näherer Betrachtung war es weder eine Nachricht noch hatte sie es aus Versehen vergessen, denn es war der Entwurf eines Kaufvertrages. Und die beiden Parteien waren Onkel Vernon und Danny. Sie hatten über die Kanzlei verhandelt. Danny hatte bleiben wollen. Zum ersten Mal seit Stunden ergriff mich Ruhe. Sobald es das Wetter zuließe, würde ich sie suchen.

KAPITEL 10

DANIELLE

Puh, gerade noch rechtzeitig geschafft. Was für ein Glück, dass ich sogar ein Taxi erwischt hatte. Zwar kostete mich das Zimmer in einem der Flughafenhotels ein kleines Vermögen, aber dafür war es sehr geräumig und sauber. Nachdem ich meine nassen Stiefel und die Jacke ausgezogen hatte, durchquerte ich den Raum und trat ans einzige Fenster. Ich konnte kaum etwas erkennen. Also schaltete ich das Licht aus und presste meine Nase an die kühle Scheibe. Es schneite noch stärker als vor einer halben Stunde. Ich hatte eine Ewigkeit in der Warteschlange vor der Rezeption verbracht, obwohl ich bereits online ein Zimmer gebucht hatte. Aber nachdem alle Flüge gecancelt worden waren, hatte wohl kaum einer Lust gehabt, die Nacht auf unbequemen Plastikstühlen in der Wartehalle eines Flughafens zu verbringen.

Dem Schneetreiben zuzusehen, hatte etwas Beruhigendes, und so war es wohl nicht verwunderlich, dass mir meine Abreise plötzlich viel zu überstürzt vorkam. Vor allem ohne nochmals mit Cal zu reden. Ich hätte ihm nicht sagen dürfen, er solle eine Therapie machen, auch wenn ich es eine gute Idee fand. Ich sollte mich nicht einmischen, aber wie hätte ich ihn denn sonst wachrütteln sollen? Ich wollte, dass er die Vergangenheit ruhen ließ und nach vorn blickte. „Er ist nicht dein Problem, schon vergessen?" Nein und die Idee, in Montana zu bleiben für einen Mann, den ich erst ein paar Tage lang kannte, klang auch einfach nur noch total verrückt. Ich musste mit Amy reden.

Doch mein Handy machte keinen Mucks, als ich es hervorholte und auf das Display drückte. O nein, war der Akku leer? Ausgerechnet jetzt? Hoffentlich hatte ich das Ladekabel nicht vergessen. Hastig suchte ich in meiner Tasche, danach im Koffer. Ich fand es zwischen zusammengeknüllten T-Shirts. Daneben lag noch das Holz und das kleine Schnitzset, das mir dieser Greg im Laden verkauft hatte. Ich hatte Cal eine ganze Reihe Glückskleeblätter schenken wollen, jedes hätte einen anderen Spruch getragen. Und ich hätte sie versteckt, im Auto, im Skischuh oder neben der Kaffeemaschine und unter dem Kopfkissen. So hätte er immer mal wieder eines gefunden und sich hoffentlich gefreut. Mist, jetzt heulte ich doch noch. Somit war klar, dass ich nicht nach L. A. fliegen würde, sondern zu Amy. So aufgelöst wollte ich meinen Eltern nicht gegenübertreten.

Endlich erwachte auch mein Handy wieder zum Leben, doch das Netz schien überlastet, denn ich bekam kein Signal. Toll! Am besten ging ich schlafen, aber das war gar nicht so einfach, denn sobald ich die Augen schloss, sah ich immer nur Cal vor mir. O Mann, das war gar nicht gut.

Am nächsten Morgen wachte ich davon auf, dass mich die Sonne an der Nase kitzelte. Der Himmel war strahlend blau. Es war erst kurz nach acht Uhr, wie ich auf dem Funkwecker ablesen konnte, doch ich war hellwach. Aufgeregt sprang ich aus dem Bett und staunte nicht schlecht, als ich die Schneemassen auf dem Parkplatz unter mir entdeckte. War das ein halber Meter oder sogar mehr? Dank des emsigen Treibens der Schneeräummaschinen waren der Parkplatz und auch die Zufahrtstraße bereits freigeräumt. Somit würde der Flughafen bestimmt auch bald seinen Betrieb aufnehmen. Mein Handy funktionierte auf jeden Fall wieder einwandfrei. Während ich meine Flugnummer aufrief, poppte die Nachricht auf, dass ich drei verpasste Anrufe von Cal hatte. Alle noch von gestern Abend. Er hatte sich Sorgen gemacht, natürlich, ich hätte nicht einfach so gehen sollen.

Statt zurückzurufen, schrieb ich ihm.

DANNY: Es geht mir gut.

Danach rief ich gleich Amy an.

„Hey, was verschafft mir die Ehre um … haaalb A…ht?!" Sie gähnte lautstark. „Es ist Sonntag. Was gibt's denn?"

Oh, stimmt, Amys Zeitzone war eine Stunde versetzt. „Nein, schlaf weiter, Danny ist am Telefon", hörte ich sie leise, wohl zu Sutton, sagen. „Also schieß los." Das war wieder an mich gerichtet.

„Ich bin am Flughafen. Ich fliege nach L. A." Mein gestriger Plan, jetzt heulend bei Amy aufzukreuzen, kam mir im harschen Tageslicht nicht besonders gut vor. Sutton hatte bestimmt keine Lust auf meinen emotionalen Mist.

„Wieso? Ich meine, wolltest du nicht noch bis Weihnachten bleiben, damit dein Freund und du, du weißt schon …" Eine Tür schlug zu. „So, ich bin jetzt im Bad, hier kann ich frei reden. Also, was ist jetzt mit Cal und dir?"

„Es hat nicht funktioniert, ich reise ab. Ich muss sowieso mit meinen Eltern reden, warum es aufschieben?" Und nicht gleich in Tränen ausbrechen. Nein, ich riss mich zusammen. Vielleicht sollte ich nach San Diego ziehen, Vernon hatte so davon geschwärmt. Die Stadt war nicht so groß wie L. A. und das Aquarium wirklich toll. Tränen liefen mir über die Wangen, und egal wie rigoros ich sie wegwischte, sie wollten einfach nicht versiegen.

Lächerlich, jetzt heulst du wegen eines Mannes! Aber auch mein Geschimpfe nützte nichts, ich heulte weiter.

„Ich dachte, ihr versteht euch ganz gut", bemerkte Amy.

„Ja, äh, das … ja, ich habe mich geirrt."

„Ach ja?"

„Ja, du kennst mich doch. Ich bin gleich so überschwänglich, wenn ich begeistert bin." Ich lachte schrill auf. „Aber ich habe es übertrieben, habe mich zu sehr in sein Leben eingemischt. Aber weißt du …" Ich brauchte ein Taschentuch, ganz dringend. Während ich in meiner Handtasche wühlte, fand ich den kleinen Fuchs. Er sah so frech aus. So hatte Cal auf dem Foto mit seinen Eltern ausgesehen. Spitzbübisch, mit allen Wassern gewaschen. Er hatte seine Eltern bestimmt um seinen kleinen Finger gewickelt. Natürlich vermisste er sie, ich hätte nichts sagen sollen, ich wusste überhaupt nicht, wie er sich fühlte.

„Bist du noch dran?"

„Ja, ich bin noch dran. Es spielt keine Rolle mehr", behauptete ich schniefend.

„Was spielt keine Rolle mehr?"

„Ich hatte die Idee, die Kanzlei seines Onkels zu übernehmen. Dann hätte ich in Greenlake bleiben können. Also es bedürfte noch einiger Gespräche, nichts ist beschlossen, eigentlich hatte ich deswegen den Flug für heute gebucht. Um mit Dad zu reden, ob er sich vorstellen könnte, mit mir etwas zusammen aufzubauen. Ich weiß, das klingt lächerlich, mein Dad und ich, wir sehen uns einmal im Jahr und schicken uns Gutscheine zum Geburtstag. Aber ich weiß auch nicht … Ich habe nie gesagt, dass ich bei Cal wohnen bleibe, nein, wirklich nicht. Das Einzige, was ich wollte, war, uns eine Chance zu geben", sprudelte es aus mir heraus. Ich legte den Fuchs zurück in die Tasche und nahm mir ein Kosmetiktuch, um mich zu schnäuzen.

„Du wolltest bleiben und eine Kanzlei kaufen? Von seinem Onkel?"

„Eine ganz dumme Idee, oder?"

„Du hast dich verliebt", antwortete Amy und ließ meine Frage damit unbeantwortet.

Und wenn schon, dachte ich patzig. Es spielte keine Rolle mehr. Das hatte ich ja schon klargemacht. Hatte ich meine Nervennahrung eingepackt? Ich musste mich dringend beruhigen. Nein, in meiner Tasche fand ich sie nicht, auch nicht im Koffer. Mist, sie lag bestimmt noch in Cals Küchenschrank. Kein Wunder, dass sich Cal bedrängt gefühlt hatte, ich hatte mich wirklich in seinem Haus ausgebreitet.

„Amy, ich sitze hier und finde tausend Ausreden, warum es in Ordnung ist, dass mich Cal beleidigt hat. Aber das stimmt nicht, es ist nicht in Ordnung. Ich habe auch ein paar Dinge gesagt, die ich besser hätte für mich behalten sollen. Und ich habe ihn verletzt, es tut mir leid. Nur dass ich mir überlege zu bleiben, ohne Cal überhaupt gefragt zu haben … bedeutet das, dass ich den Männern hinterherrenne?"

„Was? Wie meinst du das?"

„Na, nehmen wir Quinn zum Bespiel. Ihm bin ich nach Seattle gefolgt, jetzt werde ich mich wahrscheinlich von meinem Dad umstimmen lassen und doch für ihn arbeiten und für Cal wollte ich nach Montana ziehen."

„Also wenn ich mich recht erinnere, stand bei Quinn damals auch San Francisco und Portland zur Auswahl, aber deine Stelle in Seattle war der Ausschlag, dass ihr am Ende dorthin gezogen seid. Quinn hatte doch erst nach dir etwas gefunden. Und was deinen Dad angeht, du hast ihn schon als Baby um den Finger gewickelt, sonst hätte er dich gar nicht gehen lassen. Dass du jetzt einknickst, wenn er dich bittet zurückzukommen, ist vielleicht auch ein Sicherheitsbedürfnis."

„Ich bin nicht sicher, dass ich dir folgen kann."

„Er merkt doch, dass du einsam bist, und hält die Tür für dich ganz weit offen, nach Hause zu kommen. Deine Eltern vermissen dich, so wie ich auch. Nur hast du ihnen dein Leben lang klargemacht, dass du eigenständig sein willst. Immer und immer wieder. Die beiden Dinge beißen sich. Ein Teil will zurück in den sicheren Schoß, der andere sucht nach wie vor das Abenteuer."

„Ja, das stimmt. Ich dachte nur … ich will niemanden enttäuschen."

„Dich selbst schon?"

„Wie meinst du das?"

„Du ziehst bereits den Schwanz ein, dabei hast du

offenbar gerade noch sehr konkret mit dem Gedanken gespielt, deine eigene Chefin zu werden! Ich kann dir versichern, dass, wenn du es durchziehst, du rund um die Uhr arbeiten wirst. Fehler machen steht auf der Tagesordnung sowie die Sorge, woher du Geld für die Miete und die Löhne hernehmen wirst. Aber es ist auch das beste Gefühl, dass du allein bestimmst, volle Verantwortung trägst und somit auch die volle Belohnung bekommst. Na, fühlst du dich angesprochen? Spürst du bereits die Vorfreude und den Nervenkitzel?"

„Du arbeitest nicht zufällig im Marketing?", erwiderte ich lachend.

„Wie hast du das erraten? Ich mache dir einen fairen Preis, wenn du mich für deinen Webauftritt buchst."

„Ich denke darüber nach."

„Tu das, so und jetzt muss ich zu meinem Freund zurück. Guten Flug und melde dich, wenn du gelandet bist."

„Danke. Bis später."

Wow, das Gespräch war ja ganz anders verlaufen, als ich gedacht hatte. Würde ich mich wirklich selbstständig machen? Für mich selbst und nicht, um in der Nähe eines Mannes zu bleiben? Ich spürte die Aufregung bei dem Gedanken noch stärker als gestern, als ich mit Vernon zusammengesessen hatte. Da hatte ich geistig die Entscheidung meinem Dad überlassen, aus einem Sicherheitsgefühl heraus, das hatte Amy völlig richtig erkannt.

Aber es ging um mich ganz allein, *ich* würde mich entscheiden.

So, dann mal los. Nach einer kurzen Dusche zog ich mich an und machte mich auf dem direktesten Weg zum Flughafen. Gleich nach dem Einchecken würde ich frühstücken und überlegen, was ich meinen Eltern alles erzählen wollte. Cal war eine große Motivation gewesen, in Montana zu bleiben, aber nicht mehr nur die einzige. Es ging auch wirklich um mich.

Mit dem Flughafenbus war ich fünf Minuten später am Flughafen. In der Abflughalle ging ich zur Anzeigetafel und kontrollierte noch mal meine Flugdaten. Eine halbe Stunde Verspätung wurde angezeigt, war ja nicht so schlimm.

„Verreisen Sie auch über die Festtage?", sprach mich eine vertraute Stimme von der Seite an. „Ich kann mich noch nicht entscheiden, wohin es denn gehen soll. Seattle soll sehr regnerisch sein, aber die Musikszene ist nicht zu verachten, und offenbar gibt es auch tolle Restaurants. In L. A., habe ich gehört, kann man auf Sanddünen Schlitten fahren. Das habe ich noch nie ausprobiert. Und bestimmt lohnt es sich auch, eine dieser Bustouren mitzumachen, auf der man die Häuser der Stars besucht. Aber vielleicht ist Weihnachten in der Wüste zu feiern auch mal ganz spannend. Können Sie es empfehlen? Es ist bestimmt sehr romantisch. Vielleicht würden wir die Milchstraße sehen. Also eins, zwei oder drei? Wofür entscheidest du dich?"

Während ich komplett verdattert zwischen Cal und den drei Flugtickets hin und her sah, beendete er seinen Monolog und grinste mich schief an. Vielleicht wartete ich zu lange mit einer Antwort, denn er wurde sehr ernst. „Es tut mir leid. Ich hätte dich nicht so anfahren dürfen. Du hast recht." Freudlos lachte er auf. „Natürlich hast du recht. Es ist nur so verdammt schwer …" Er stoppte und schüttelte den Kopf. „Nein, Schluss mit den Ausreden. Sie haben mich bereits zu viel gekostet. Es tut mir wirklich sehr leid."

„Was genau?", fragte ich. Nein, ich machte es Cal nicht leicht. Wenn wir eine echte Chance haben wollten – und ich vermutete mal, es ging nicht nur um Weihnachten –, dann mussten wir die hässlichen Dinge aussprechen.

„Dass ich den Unfall meiner Eltern als Entschuldigung nehme, Menschen von mir zu stoßen. Dass ich mir angemaßt habe, über dich und dein Leben zu urteilen. Dass ich dir nie gesagt habe, wir sehr ich es mag, dich um mich zu haben. Wie gerne ich dein Lachen höre und dich strahlen sehe. Dass ich es nicht glauben kann, dass du dir überlegst zu bleiben und dass ich mir wünsche, dass du es tust." Er atmete tief aus, während mein Herz wie wild klopfte. Mir schwirrte der Kopf, und meine Knie fühlten sich ganz weich an, denn das war doch eine Liebeserklärung gewesen. Ich wollte Cal um den Hals fallen und gleichzeitig mich setzen und kurz mal durchatmen.

Es war zu viel und doch alles, was ich mir erträumt hatte.

„Äh, ja, also, dort drüben ist ein Café. Ich muss nur meinen Koffer abgeben, dann können wir uns Nervennahrung holen, ich brauche sie auf jeden Fall. Und übrigens: Mir tut es auch leid. Ich hätte mir nicht anmaßen dürfen, dich zu kritisieren. Aber mein Leben ist nicht Disneyland." Tief durchatmen nicht vergessen.

„Nein, natürlich nicht. Und ich wollte deine Probleme auch nicht kleinreden. Übrigens, die hier habe ich dir mitgebracht." Cal kniete sich zu seiner Sporttasche, öffnete sie und holte eine Familienpackung Schokorosinen hervor.

„Sind das meine?"

„Ja, die hier auch. Du trägst Socken mit Snoopy drauf? Sind die nicht zwei Nummern zu groß?"

„Äh, ja, das ist so …" Hitze kroch mir augenblicklich den Hals hinauf. „Also, es ist so … ähm."

„Was? Brauchst du Nervennahrung, um es mir zu erzählen?" Auffordernd hielt er mir die Tüte mit den Schokorosinen hin.

„Ich habe immer kalte Füße im Bett und damit das Gummi vom Bündchen nicht einschneidet, trage ich eine zu große Nummer", murmelte ich, bevor ich ihm die Socken aus der Hand riss und sie mir in die Tasche stopfte. „Das war eine der Peinlichkeiten, die Großtante Mabel bestimmt an ihrer Hochzeit über mich erzählt hätte. Das behauptet jedenfalls Amy."

„Du hattest bei mir nie kalte Füße."

„Weil du klammerst und dabei heizt wie ein Ofen."

„Na, dann ist doch dein Problem gelöst, wir schlafen ab jetzt immer zusammen."

Es klang zu gut, aber so einfach war es nicht, oder?

„Also, wo fliegen wir jetzt hin?", hakte er nach.

„*Ich* fliege nach L. A. Du kannst nicht mitkommen." Ich musste mein Leben selbst regeln, darum hielt ich immer noch Abstand, auch wenn ich mich kaum zurückhalten konnte.

„Warum nicht?"

„Weil ich mit meinem Dad reden muss."

„Aber ist es nicht viel einfacher, ihn zu überzeugen, wenn ich mitkomme? Schließlich soll er deinen Freund kennenlernen. Also ich würde auf jeden Fall den Freund meiner Tochter ganz genau unter die Lupe nehmen wollen."

„Deine Tochter?" Verdattert blieb ich stehen.

„Nun ja, irgendwann mal." Er zuckte mit den Schultern.

„Irgendwann mal? Wovon reden wir hier eigentlich?"

„Von uns natürlich." Cal stellte sich vor mich, beugte sich zu mir, und als ich nicht zurückwich, streifte er meine Lippen mit seinen. „Irgendwann einmal. Darum bin ich hier und darum hast du mich noch nicht zum Teufel gejagt, oder? Weil wir ein ‚uns' versuchen?"

Natürlich hatte Cal recht. „Bist du sicher?“ Ich musste es erneut hören.

„Ja, bin ich. Möchtest du meine richtige Freundin sein?“

Ich schluckte. „Weil wir uns mögen?“

„Weil wir uns etwas mehr als nur mögen?“

Mein Herz schlug wie wild, als ich nickte und ihn küsste.

EPILOG

CALVIN

Weihnachten

„Bist du sicher, dass wir genug Essen haben?" Nervös fuhr ich mir zum wiederholten Mal durchs Haar. Ich könnte es noch rechtzeitig zum Supermarkt und zurück schaffen.

„Machst du Witze? Wir werden eine Woche von den Resten leben können." Danny schien im Gegensatz zu mir die Ruhe wegzuhaben. Sie buk und kochte bereits zwei Tage vor. Wir waren am Ende nirgends hingeflogen. Unsere Tickets nach L. A. hatten wir auf nach Weihnachten umgebucht. Nach unserem Besuch bei Dannys Eltern würden wir bei Amy Silvester feiern und auf dem Rückweg würden wir über Seattle zurück nach Montana fliegen. Danny wollte ein Transportunternehmen beauftragen, ihre eingelagerten Sachen herzufahren.

Ich hatte genug Zeit gehabt, im Resort alles zu regeln, bevor ein paar aufregende Tage auf uns warteten.

„Hast du die Schlafzimmer alle vorbereitet? Auch die aufblasbare Matratze hingelegt?", erkundigte sich Danny, während sie das Brathähnchen im Ofen kontrollierte.

„Ja, alles erledigt."

„Hier auch. Die Kartoffeln sind vorbereitet, das Gemüse geputzt, die Bratensoße mache ich später. Die Plätzchen und der Kürbiskuchen sind fertig. Sollen wir einen Punsch zubereiten oder eine Pause einlegen? Etwas entspannen?" Sie kam hinter dem Küchentresen hervor, während ich ihr bereits entgegenging. Kaum lagen unsere Lippen aufeinander, klingelte es an der Tür. „Wer ist das?"

„Keine Ahnung."

„Juhuuu! Cal, mein Junge, wir sind schon da!", rief da bereits meine Grandma.

„Deine Familie hat einen Schlüssel?", wisperte Danny mit großen Augen.

„Ja, für Notfälle." Schmunzelnd ergriff ich ihre Hand und ging meine Familie begrüßen. Es war das erste Mal, dass wir alle Weihnachten bei mir feierten. Dannys Idee. Auch, dass die ganze Sippe hier übernachtete. Grandma überließ ich mein Schlafzimmer. Es war groß genug, dass ich darin eine aufblasbare Matratze für Chrissy und Jackson platzieren konnte. Onkel Vernon, Fiona und Valerie mit ihren Männern hatten wir auf die drei Gästezimmer verteilt.

Von Ruhe vor dem Sturm konnte keine Rede sein, nachdem die ganze Sippe mein Haus belagerte, Grandma sich sofort in der Küche nützlich machen wollte und die Kinder darauf drängten, einen Schneemann zu bauen. Meine Schwager machten sofort mit, während die Frauen sich beim Punsch, den Valerie rasch zubereitete, unterhielten.

„Und du übernimmst wirklich Onkel Vernons Kanzlei?", hörte ich Valerie Danny ausfragen.

„Ja, das ist der Plan. Und ich hoffe, dass ich weniger als einen Monat brauche, um mich einzuarbeiten."

„Das kriegen wir schon hin. Ein Monat vergeht ganz rasch", war sich Vernon sicher. „Vor allem, weil Olivia ein paar Tage herfliegt." Er strahlte, während die Frauen ihn freudig umarmten. Vernon sah jedoch nur zu mir, und ich wusste, dass nun meine Gelegenheit war, mich richtig von ihm zu verabschieden, während ich Olivia endlich in mein Leben ließ. Sie hatte zu lange an der Seitenlinie gestanden, damit war jetzt Schluss.

„Bist du glücklich?", fragte mich Danny, als wir spätabends aneinander gekuschelt in unserem Zelt im Garten lagen. Sie hatte nicht glauben können, dass ich im Winter mit ihr zelten wollte. Warum nicht?

„Ja, sehr. Du?"

„Ja, ich auch. Oh, klingelt mein Handy oder deins?"

„Deins.“

„Stimmt. Das ist Amy!“ Danny nahm freudig ab. „Hi, Amy! Hattest du schöne Weihnachten? Moment, ich schalte mal auf Video.“ Danny zog mich mit ins Bild und winkte.

„Hallo, ihr zwei.“ Sie winkte zurück, aber sah dabei nicht sonderlich glücklich aus. Auf dem Tisch, an dem sie saß, erkannte ich eine Familienpackung Schokorosinen. War das so ein Familiending?

„Isst du etwa Erdbeer-Karamell-Eiscreme?“, fragte Danny und klang dabei leicht alarmiert.

„Ja, genau. Es ist alles aus … alles aus. Sutton ist weg. Er hatte keine Lust mehr auf eine Beziehung. Ist mit seinen Kumpels nach Mexiko geflogen. Party machen. Das Leben wäre zur kurz, er zu jung … bla … bla … bla.“

„Ihr habt euch getrennt?! Aber ich dachte …“

„Ja, das dachte ich auch. Aber keine Angst, ich komme schon über ihn hinweg. Ich wollte euch nur sagen, dass ihr somit auch bei mir übernachten könnt, wenn ihr wollt.“

„Klar, gerne.“ Fragend sah Danny zu mir. „Ist das okay?“

„Ja, natürlich“, stimmte ich zu. Und wenn Danny und Amy Zeit allein brauchten, ging das auch in Ordnung. Ich würde mich schon beschäftigen können. Vielleicht mal nach einem Freundschaftsring Ausschau halten. Wobei ich Danny den besser erst gab, wenn wir zurück waren. Ich wollte Amy nicht aufregen.

„Sehr schön. Denn wir haben viel zu tun. Großtante Mabels Hochzeit steht bald an und ich brauche einen Mann. Aber keine Angst, ich habe bereits einen Plan. Ich mache es so wie ihr, ich suche mir einen Fake-Freund. Das ist die sicherste Variante." Sie zwinkerte uns zu. „Nein, Moment, was haltet ihr davon, wenn ihr am selben Tag wie Großtante Mabel heiratet? Dann kann ich ihr absagen."

„Äh, ich mochte die sicherste Variante", grätschte Danny sofort dazwischen, während sie sich an mich schmiegte.

„Schade, aber gut. Bis dann, gute Nacht."

„Gute Nacht."

Nachdem sie aufgelegt hatte, blieb Danny einen Moment still. Es war noch viel zu früh, um zu heiraten, zumal wir es auch nicht eilig hatten. Wir wollten alles langsam angehen, oder war das ein Wink mit dem Zaunpfahl gewesen?

„Willst du heiraten?", platzte es aus mir heraus.

„Was? Nein, um Himmels willen, also nicht an Valentinstag. Du schon?"

„Nein, das ist mir zu schnell." Erleichtert, dass ich nichts verpasst hatte, nahm ich Danny das Telefon aus der Hand und legte es weg. „Ich mag auch die sicherste Variante, vor allem, wenn ich mich am Ende in meine Fake-Freundin verliebe." Da, ich hatte es ausgesprochen.

Danny lächelte mich an. „Ja, den Teil mag ich auch besonders. Ich habe mich ebenfalls in dich verliebt."

Sie küsste mich zärtlich, kuschelte sich an mich und seufzte selig.

Es war seit sehr langer Zeit ein schönes Weihnachten gewesen, und ich war mir sicher, dass noch eine Menge folgen würden. Vielleicht würde ich mir professionelle Hilfe holen, vielleicht half es auch bereits, mehr über meine Eltern zu reden und meine Erinnerungen an sie zu teilen. Morgen könnte ich Chrissy und Jackson von ihren Großeltern erzählen, sie würden sich bestimmt freuen. Vielleicht hatten sie auch Lust, ein paar Fotos von uns allen aufzustellen. Ich musste nichts überstürzen, nicht alles von heute auf morgen ändern, aber die Zukunft sah wieder bunt aus. Mit der Frau, in die ich mich verliebt hatte, im Arm und einem Lächeln im Gesicht schlief ich ein.

Frohe Weihnachten!

ENDE

des vierten Bandes der „*Winter Dream Resort*"-Reihe. Falls Du Dich auch für die anderen Geschichten interessierst, starte am besten mit Hudson, der wieder auf seine Highschool-Liebe trifft: „Zweite Chance am ersten Advent" von Allie Kinsley

Die Geschichte von Jude findest Du hier: „Weihnachtswunder mit dem Ranger" von Kimmy Reeve

Und die von Wesley hier: „Unterm Mistelzweig mit der Nanny" von Aurelia Velten

Es wäre toll, wenn Du auf Amazon eine kurze Rezension hinterlassen würdest, das hilft anderen Lesern, neue Bücher zu entdecken und mir gibt es Feedback. Danke! ♥

Um die Neuerscheinung nicht zu verpassen, folge mir bitte auf Amazon.

NACHWORT

Mit der Geschichte von Calvin und Danielle beende ich das Schreibjahr 2023. Es war ein wunderschönes Erlebnis mit so tollen Autorinnen wie Allie Kinsley, Kimmy Reeve und Aurelia Velten zusammenzuarbeiten, und ich hoffe, ich konnte Dich mit dem Adventsroman auf Weihnachten und das neue Jahr einstimmen.

Bereits im Januar nehme ich Dich gerne wieder mit nach Texas, denn die San Antonio Billionaires Reihe geht in eine neue Runde. Ich freue mich sehr, wenn Du wieder dabei bist.

Und falls Du, bis es mit dem sexy Security-CEO Brad Johnson zurück nach Texas geht, Lust auf exklusive Kurzgeschichten hast, dann melde Dich doch für meinen Newsletter an und erhalte Dein exklusives Geschenk. Zur Anmeldung klick hier. https://www.katrinebuck.net/newsletter-2/

Ich freue mich auch sehr, wenn Du mir schreibst, wie Dir das Buch gefallen hat (katrinebuck@gmail.com) und wenn Du magst auch eine Rezension auf Amazon, Lovelybooks, Goodreads, Deinem Blog … hinterlässt und bitte empfiehl das Buch weiter. Besonders im Selfpublishing sind wir Autoren darauf angewiesen. Ich danke Dir von Herzen!

Alles Liebe

Printed in France by Amazon
Brétigny-sur-Orge, FR

20232746R00130